어린 왕자에게 말을 걸다

어린 왕자에게 말을 걸다
행복을 그린다면 무슨 색깔일까?

©강석태

초판 1쇄 인쇄 | 2023년 06월 27일
초판 1쇄 발행 | 2023년 07월 10일

지은이 | 강석태
그린이 | 강하린, 강석태, 이은경
발행인 | 이진호
편집 | 박관용, 권지연
디자인 | 트리니티

펴낸곳 | 비비투(VIVI2)
주소 | 서울시 중구 수표로2길9 예림빌딩 402호
전화 | 대표 (02)517-2045
팩스 | (02)517-5125(주문)
이메일 | atfeel@hanmail.net

홈페이지 | https://blog.naver.com/feelwithcom
페이스북 | https://www.facebook.com/publisherjoy
출판등록 | 2006년 7월 8일

ISBN 979-11-92794-11-2(03800)

행복을 그린다면

무슨 색깔일까?

어린 왕자에게 말을 걸다

강석태 지음

강하린, 강석태, 이은경 그림

VIVI2

빛을 입히는 화가
활자에 색을 칠하는 마음

노은희 | 소설가, 문학평론가

녹록지 않은 세상을 살아가는 어른의 마음이 담겼다. 아이의 눈에 비친 세상은 한없이 맑고 따뜻해서 힘겨운 맘이 공연히 미안하다. 작은 생명을 소중히 여기고, 가족을 아낌없이 사랑한다. 꼬마 예술가의 눈으로 우리는 투명하게 다시, 세상을 읽는다. 분명 변함없는 시공간을 살고 있는데 새로이 꿈을 꾸게 된다. 씩씩한 아이 덕분이다.

가족에 대해 생각해보게 만들어주는 책, 소중한 일상에 다정하게 말을 거는 책, 어린 왕자를 마주했던 순수함을 돌아보게 만드는 귀한 글이다. 시간을 거슬러 편지를 쓰고 신혼의 꿈을 거닐며 또박또박 삶의 연서를 적는다. 강석태 작가의 손끝에서 그려진 그림과, 피어난 문장이 감사한 이유다.

가족의 그림 속에서 우리는 행복한 가정을 그리고 싶어진다. 무채색의 그림에서 행복을 빚고 싶어진다. 매번 마주한 어린 왕자는 항상 다른 말을 한다. 꾸준히 어린 왕자와 동행한 그는 수없이 많은 질문을 던지며 풍성한 예술을 화폭에 담는다. 그것이 강석태 작가가 작가다움을 찾아가는 올곧은 길이라 믿는 이유다. 뿔소라에 귀를 가져다 대는 예술가의 진정성이 담겼다.

아름다운 섬 제주의 고즈넉한 풍경과 이웃의 나눔, 예술가의 소박한 생과 가족 간의 변치 않는 신뢰, 그 모든 것이 어우러져 문장을 이루고 기어이 책이 되었다. 독자에게 널리 사랑받기를 바라며, 어린 왕자가 오늘을 사는 내게도 때때로 말을 걸어주길 소망한다.

더 먼 곳을 향한 비행

정현우 | 시인

그는 우주에서 떨어진 운석을 손끝으로 줍는다.

그만의 색으로 만든 물빛을 공들여 그리는 사람이다.

그 빛 속에는 사랑이 있고 사랑 속에는 어린 왕자가 길들이는 장미의 마음이 담겨있다.

그가 지나간 붓질에는 눈물처럼 반짝이는 슬픔들이 떨어진다.

그것은 곧 별이고 유리 덮개로 덮어도 멀리서 빛나는 그리움이다.

그가 끝없이 어린 왕자를 불러내는 이유는 세상에 없는 색들을 만들기 때문이고,

회색빛으로 또는 하늘빛으로 마음 위를 스며드는 교감하는 그만의 언어다.

지구별이라는 곳에 강석태라는 이름으로 살아온 그는

제주에서 서울로 그리고 다시 어린 왕자가 있는 자기만의 방으로 돌아와 비행운을 생각한다.

비행을 할 수 없는 날이어도 그는 오늘도 손끝으로 빛을 그릴 것이다.

더 먼 곳으로 비행을 할 것이다.

행복을 그린다면 무슨 색깔일까?

처음 생텍쥐페리의 『어린 왕자』에 흠뻑 빠진 건 중학생 1학년 때였다. 어느덧 입시 미술학원에서도 자칭 타칭 '별똥 왕자'로 불리고 있었고, 미술대학 졸업 후에도 그림 작업에 다양하게 투영되어 나의 작품 세계를 이루었다. 지금도 행복한 감성을 이어가게 하는 어린 왕자는 여전히 소중한 작품의 주제이다.

결혼하고 얼마 지나지 않았을 때였다. 갑자기 찾아온 아내의 투병은, 앞만 보면서 그림만 그리던 나에게 완전한 멈춤의 시간이었다. 더불어 우리 가정에 대해 돌아볼 기회가 되었다. 6년의 공백기에는 작품 활동을 하지 못하는 절대 고독의 날들이 계속되었지만 '어린 왕자'는 지난한 시간을 벗어나게 했으며, 다시 화가의 길을 걷도록 이끌었다. 때로는 질곡의 시간이었고, 크고 작은 난관에 부딪혔으나 내겐 한결같았던 어린 왕자에게 질문을 거듭하면서 다시 그림을 그릴 수 있었다. 어느덧 그 시간은 20년이 넘었다.

어느 날 딸아이가 태어나면서 아빠가 된 내게 또 다른 세상이 열렸다. 혼란스러웠던 시간을 떨쳐내었고, 딸아이의 성장에 따라 행복한 우리 가족 이야기를 하나씩 늘려갔다. 그러다가 유례없던 팬데믹 상황이 벌어졌고, 그저 평범하던 우리 가족의 일상도 단절되었다. 답답한 날의 연속이었다.

그때 누구나 한 번쯤 감옥 같은 일상에서 벗어나 한적한 바닷가에서 한 달쯤 살고 싶었으리라. 우리 가족도 예외는 아니었다. 똑같은 꿈을 꾸다가 마침내 결심했다. 떠나기로, 일상에서 벗어나 자연을 찾아가기로 계획했다.

오랫동안 '어린 왕자'를 주제로 작업하던 나에게 반전의 시간을 기대했는지도 모른다. 분주한 일상이 공유된 도시의 작업실을 떠나 낯선 공간에서의 변화를 희망했다. 아내는 그림책 글쓰기와 그림 그리기를 위해 집중할 시간이 필요했고, 화가가 꿈인 여덟 살 하린이에게 새로운 여행을 경험하게 하고, 미술 활동을 풍성하게 상상할 기회를 주고 싶었다.

그렇게 향한 곳이 꿈의 제주였다. 우리 부부 신혼여행의 추억이 가득한 곳이기도 했고, 그 십 년 후 아내의 건강을 회복하기 위해 제주 올레길 완주를 도전하기도 했다. 하린이의 한 살 기념 여행지도 제주였다. 이렇듯 제주는 여러 사람의 제주이기도 하겠지만, 우리 가족에게는 특별한 삶의 역사가 계속해서 이루어지고 있던 회복과 치유의 내밀한 장소였다.

이처럼 남다른 제주에서 우리 가족의 한 달 살기를 처음 시작했고, 보석 같은 추억을 쌓고 돌아왔다. 이 책은 그림 그리는 우리 세 가족이 집을 떠나 다시 보금자리로 회귀하는 여행 기록이자 제주의 자연을 깊이 만났던 인생 샷이다.

그리 넓지 않은 낯선 공간에서 한 달 동안 셋이 함께하며, 종일 생활한다는 건 흥미진진하고 예측 불가의 연속이었다. 도시에서 또는 집에서 느끼지 못한 감정을 공유하는 생소한 시간이기도 해서 서로 미처 알지 못했던 여러 단면을 마주하기도 했다.

아침에 뜨는 해, 새벽잠을 깨우는 새소리의 울림, 저녁 일몰과 노을의 색감을 서로의 감각으로 공유하며 각기 다른 생각을 나누곤 했는데, 정말 잊지 못할 순간이었다. 한 공간에서 함께 있으나 다른 상상을 한다는 것, 수시로 생각을 나누고 행동한다는 것, 마음속 생각을 그림으로 표현하고 공감한다는 것, 무엇보다 신혼의 우리 부부가 걸었던 올레길을 10년이 지나 여덟 살 딸아이와 함께 걸을 때의 환희, 그동안의 장면들이 우리 부부의 눈앞에 마치 파노라마처럼 스치고 지나갔다.

앞으로 10년 후를 향해 다시, 길고 나른한 꿈을 꾼다. 우리 가족이 느낀 뜨거운 제주의 여름은 붓으로 담는 그림으로 천천히 그날의 이야기를 만들어낼 것이다. 언제나처럼 여행은 세 식구의 마음을 한 뼘 더 성장시킨다. 우리는 집에 돌아오자마자 다음 제주살이를 계획하면서 소박하고 즐거운 상상을 시작했다.

그렇게 시작되었다. 이 글을 정리하는 지금, 우리는 제주살이를 세 번째 다녀왔다. 제주의 여름과 겨울, 그다음 해 여름까지 고스란히 추억으로 남아 있었는데, 하나둘 꺼내면서 쓰다듬게 되었고 글과 그림으로 책에 담아냈다. 무엇과도 바꿀 수 없는 소중한 장면들이다.

자연 속으로 들어갈 수 있었던 건 '가족 전시를 하면 좋겠어'라는 나의 생각에 아내와 딸이 동의하면서 가능했다. 한 번의 행복한 추억이 두 번의 도전으로, 용기 있는 걸음으로 이어졌던 제주살이. 그 시간이 우리에게 선물 같았던 건 이미 준비된 듯한 고마운 인연 덕분이었다. 이후에도 만남을 이어가는 좋은 사람들이 있었다.

제주의 자연은 우리 가족에게 행복과 성숙함을 가르쳐주었다. 제주의 돌멩이 하나에도 감사의 조건이 있을 만큼 뜻깊어서 지난 풍경을 하나하나 되돌아보았다. 그림과 함께 활자 가득 추억의 시간을 기록할 수 있었다. 기억은 추억을 못 따라가고 때론 왜곡이 되기도 하지만, 우리가 보고 느낀 기억은 그림으로 담겨 있었다. 그렇게 우리 가족의 서로 다른 생각이 더해진 제주의 풍경과 여행의 경험은 오늘도 또 다른 여행을 향해 뚜벅뚜벅 걷게 한다.

나는 어린 왕자에게 다정하게 말을 건넨다.
"행복을 그림으로 그린다면 어떤 색일까?"

＊편집자 주 : 이 책은 생텍쥐페리의 『어린 왕자』 일부 재해석한 내용을 포함한다.

Chapter 1.
별을 찾아가다

나는 언제부턴가 소행성 B612에서 지구별로 여행을 온 어린 왕자에게 부러운 것이 하나 있었는데, 그건 바로 '용기'였다. 조그만 아이가 어찌 한 번도 가보지 않은 미지의 세상을 찾아 떠날 수 있었을까? 그 당시 아무리 생각해봐도 알 수 없었다.

그의 별은 비록 작지만, 세상 하나뿐인 장미도, 노을을 44번이나 볼 수 있는 편안한 의자가 있는데도 꼬마 여행자는 무얼 찾기 위해 별을 나섰을까? 작은 별이 무척 답답했을까? 아님, 장미와 심하게 다퉈서였을까?

내가 애써 찾은 답은 스스로 더 단단해지기 위함이라 여겼다. 별을 찾아 여행하며 마음의 키를 한 뼘 더 성장시키고 싶었던 건 아닐까? 어렸을 때 한 번쯤 밤하늘의 별을 보며 어딘가에 반짝이고 있을 자신의 별을 상상한 적이 있으리라. 나 또한 스스로 별을 잠시 떠나온 여행자라 믿기도 했다.

그 생각은 마침내 전시회의 주제로 이어졌고, 2002년 〈별을 찾아가다〉라는 제목으로 두 번째 개인전을 열었다. 그 당시 어린 왕자의 이름을 '여행자'라고 지었다.

전통적인 그림을 전공하며 조금은 보수적인 생각과 형식이라는 옷을 걸치고 있던 내게 필요했던 건 대단한 작가가 되어보겠다는 욕심보다, 언제부턴가 내 그림의 주인공으로 그려보고 싶었던 어린 왕자를 당당히 불러올 수 있는 '용기'였다. 내 작업 속 동화적 이야기의 시작점이자 변곡점이 되었던 순간이다.

시간은 흘러 한 사람의 남편과 아빠로, 또 그림을 그리며 정신없이 지냈다. 어느 날 지구별에 일상이 단절되는 유례없던 재해가 발생했고, 어른도 아이들도 모두 처음

별소년의 행복 여행 © 강석태

겪어내는 상황으로 인해 자꾸만 움츠러들고 모두를 집 안으로 꼭꼭 숨게 했다. 너무 답답했고, 마음의 키가 하루하루 줄어드는 것만 같았다.

문득 꼬마 여행자처럼 어디론가 떠나고 싶어졌고, 답답한 일상을 어떻게든 벗어나야겠다고 생각했다. 파란 바다가 있고, 새로운 사람들과 초록의 숲이 있는 별을 찾아가고 싶었다. 마치 멍하게 살던 피터 팬이 서랍장에서 그림자 옷을 다시 꺼내 입듯이 나는 용기를 냈다.

"우리, 별을 찾아 떠나자!"

1.

우리 이대로 괜찮을까?

돌아보면 하나도 소중하지 않은 순간이 없다! PC 바탕화면에 이리저리 흩어져있던 이름 모를 폴더를 정리하다가 우연히 펼쳐진 10년 전 우리 가족의 기록과 흔적들, 그때의 소박하고 용감무쌍했던 '부자 되기 계획서'도, 어디론가 떠나자던 엉성한 여행지 버킷리스트도 있었다. 그때 우리는 오늘을 예감했을까?

돌아보면 하나도 사랑하지 못할 시간은 없는 것 같다! 그때 우리 부부에겐 보석 같은 지금의 꼬맹이가 없었다. 상상도 하지 못했던 미래였다. 큰 수술과 치료를 이겨낸 우리에게 토닥여주듯이 기적처럼 다가온 우리 보물, 하린이. 세상의 모든 부모가 그러하듯이 우리가 가진 사랑을 다 주고 싶었다. 미래를 담보하여 현재 우리에게 주어진 시간을 조금이라도 놓쳐버리기가 싫었고, 하루의 모든 시간을 아이와 함께하고 싶었다.

매일 보고 있고 느끼고 있다고 여기는데도, 너무 빨리 커갔다. 너무 빨리 크는 아기의 모습이 자꾸만 아깝다던 아내의 말을 이제야 이해할 것 같았다. 아주 조그맣고 매끈거리는 다이얼 비누 같던 아기의 주먹이 조금씩 자라더니 어느덧 내 손안에 단단히 잡혔다.

아이가 유치원을 다니던 일곱 살 때 코로나가 세상을 뒤흔들어 놓았다. 일반적으로 예측했던 행복해야 할 아이들의 일상도 어른들의 삶처럼 비정상적으로 뒤틀리고 무너졌다. 유치원 졸업식도 할 수 없었고, 초등학교 입학식도 하지 못한 채 아이는 초등학생이 되었다.

서로의 눈을 보고 조잘대며 지내야 할 초등학교 1학년 학교생활이 전혀 어울리지 않는 규칙과 사회적 거리 두기 안에서 아무런 말도 할 수 없이 단절되고 고요해져만 갔다. 마스크 너머 친구의 표정을 어떻게 읽을 수 있을까? 크게 웃는 아이의 입매를 볼 수 없는 아이들의 생활은 어떤 맥락도 없이 시간만 흐르는 것 같아서 정말 걱정스러웠다.

다시는 돌아오지 않을 아이의 여덟 살 시절이 그랬다. 또 그

때 부모였던 우리도 마찬가지였다. 물리적으로, 경제적으로 힘든 제약이 따르더라도 우리는 어디론가 떠나고 싶었다.

우리 가족은 여행을 떠나기 위해 수시로 모여 회의를 했다. 일단 바다가 있는 곳으로 가고 싶었다. 우리 남해를 갈까? 제주도를 갈까? 시간적 범위는 일단 초등학생인 아이의 여름방학 즈음에 맞추기로 하고, 시간 강의를 하는 내 일정도 조절하여 여름으로 정했다.

공간적 범위로는 공통으로 일치한 곳이 '바다'였는데, 여행 프로그램에서 본 남해도 좋았지만, 우리는 제주로 마음을 잡았다. 제주는 우리의 신혼여행 추억이 있기도 하고, 그 십 년 뒤 건강을 회복하기 위해 올레길 완주를 하기도 했고, 아이의 돌 기념 여행지이기도 했다. 이렇듯 제주는 우리 가족에게 특별한 무언가를 기록하고 있었던 우리 가족만의 장소이기도 했다.

한 달 살기 관련 블로그를 높은 조회수를 따라가며 자주 살폈고, 그 밖에 관련 전문 자료들도 바지런히 검색했다. 바이러스 때문에 갇혀버린 일상은 금방 해제될 줄 알았으나 그렇지 않았다. 1년이 지나고 또 지나도, 일상은 그대로 이어져 변화될 기미를 보이지 않았고, 떠나자던 마음은 매일매일 커져만 가고 있었다.

하루는 절친한 동료 작가 작업실에 들렀다가, 우연히 한 달 살기에 대한 우리 가족의 계획에 대해 나누면서 제주에서 공모 중인 작가 지원 프로그램에 대해 듣게 되었다. '아트랩와산 아티스트 레지던시' 지원 공모였다. 작가 레지던시는 일정 기간 입주 작가에게 작업을 할 수 있는 공간과 잠을 잘 수 있는 숙소를 지원하는 프로그램이었다.

그날 밤 가족의 그림 포트폴리오를 정성껏 만들고, 작업계획서도 열심히 작성해서 지원 메일을 보냈다. 내심 한 달 살기의 제반 비용이 걱정되던 상황에서 한 줄기 빛이었다.

며칠 후 문자 한 통이 도착했다. '강석태 작가님. 안녕하세요? 제주에서 레지던시를 운영하는 이○○라고 합니다. 시간 되실 때 전화주시면 관련한 내용을 설명 드리도록 하겠습니다. 감사합니다.' 문자를 아내와 하린이에게 공유하자마자 우리 식구는 함께 소리를 질렀다. "야호!"

곧바로 문자 발신인과 통화를 했고, 긍정적인 답변과 함께 현장 사전 답사 일정에 대해 논의하게 되었다.

우리의 제주 한 달 살기는 그렇게 시작되었다.

어린 왕자와 여우 © 강하린

2.
감귤 사랑은 오렌지색 사랑

그해, 꽃샘추위를 지나 유채꽃이 한창이던 5월 3일 제주공항에 도착했다. 거의 6년 만에 다시 와보는 제주였다. 방문자가 극감했다는 제주는 그냥 5월의 훈풍이 불었고, 날씨는 청명했다. 멀리 보이는 바다 냄새가 공기를 타고 내게 다가오곤 했다.

조천읍까지 가는 325번 버스가 바로 정차하는 바람에 어떤 노선이더라도 상관없다는 마음으로 올라탔다. 천천히 시내를 돌아보고 싶은 심사였다. 이전에 아내와 함께한 올레길 완주! 봄, 가을 두 차례 두 해 동안 다녀간 제주에서의 추억이 떠올랐다. 렌터카를 사용하지 않고, 히치하이킹과 시내버스만 이용해서 제주를 탐색한 기억이 스친다. 올레길을 걷거나, 시내버스 뒷자리에 앉아서 시시각각 바뀌는 풍경을 누렸다. 렌터카를 운전했다면 볼 수 없을 듯해서, 걷는 여행은 또 다른 매력이었다.

조천읍행 버스에는 마침 장날이었는지 동문시장에서 장을 본 어르신들 몇 분이 타셨는데, 대부분 오렌지색 바람막이 점퍼를 입고 있어서 유심히 살피게 되었다. 연세가 많을수록 대부분의 어머님은 오렌지색 점퍼를 입었다는 공통점이 있었다. 재미있었다. 다음 정거장, 그다음 정거장에서 타는 어르신들의 점퍼 역시 오렌지색 계열이 많았다. 문득 제주의 감귤이 오렌지색 사랑으로 이어진 거라는 상상을 한다. 혼자 재밌어하는 별난 상상이었다.

조천읍에 내리자, 작은 분식점이 보여 라면에 김밥 한 줄을 주문했는데, 배가 고파서 그랬는지 아주 꿀맛이었다. 여기에는 스위스 마을까지 가는 버스가 없다는 소리에 택시를 타고 이동하게 되었는데, 어쩐 일인지 기사는 스위스 마을에 대한 구체적인 정보를 알지 못했다. 아직 제주에서도 그리 알려지지 않은 듯했다.

안내 팻말을 지나치자, 얼마 지나지 않아 내 눈에 들어온 스위스 마을은 빨강, 주황, 노랑, 베이지색으로 칠해진 레고 세트장같이 알록달록 귀여운 마을이었다. 잘 포장된 도로를 따라 마을 한 바퀴를 천천히 걸었다.

일반인들이 분양받은 타운하우스 단지와 1층 상점들, 아티스트 레지던시 작업 공간과 1층 몇몇에는 전시 중인 공간들도 보였다. 대략 70여 개 동으로 이루어진 마을이었다.

잠시 후 입주 작가 프로젝트 운영자를 만나 자연스럽게 인터뷰를 이어갔다. 우리 가족의 지원 배경과 작업 내용을 나누었고, 숙소와 작업실 겸 전시 공간을 안내받을 수 있었다. 운영자 이주희 선생님은 전시기획자이자 미술평론가로 활동하다가, 지난해 이곳 예술감독을 맡아 운영하게 되었다고 한다.

그렇게 인연이 닿은 선생님의 제주살이에 대해 듣기도 하면서 얘기를 나누게 되었는데, 가족이 함께 행복한 작업을 하려는 지원 동기에 긍정적인 반응을 하게 되었다고 해서 참 고마웠다.

하린이가 어려서 숙소의 컨디션에 대해 조금 더 논의하고, 숙소 관련 일정을 정리해서 전달해주기로 한 다음 얘기를 마쳤다. 한 달 동안 이곳에서 다른 작가님들과 함께 작업하고, 소통하는 상상에 설레는 마음이 더 커졌다.

운영자님은 15분 남짓 거리의 함덕해수욕장으로 드라이브를 시켜주셨다. 6년 만에 와보는 함덕은 마치 부산 광안리 같은 느낌이었다. 스타벅스도 있고, 엄청 번화가가 되어있었다. 식사도 하고, 늦은 밤까지 서로를 이해할 수 있는 여러 얘기를 재밌게 나누었다.

2층 게스트룸에 숙소를 마련해주어 편하게 하룻밤을 보냈는데, 다음 날 강풍 소리에 깜짝 놀라 잠에서 깨어났다. 하늘이 흐리고, 큰 나무들이 몹시 휘청휘청거리고 있었다. 그날 오후에는 소나기와 돌풍 경보가 예고되고 있었다.

운영자님과 함께 아침 식사를 하고, 함덕에서 커피를 마시며 인사를 나눴다. 그리고 곧장 공항으로 향했다.

아, 집에 갈 수 있을까? 공항에 와서 탑승권을 받는데 비행기가 결항이 될 수도 있다고 얘기해준다. 다행히 비행기를 탑승했는데, 활주로에서 한참을 대기하다가 출발했다. 무사히 김포에 도착한 나는 제주에서 오는 다음 항공편이 결항으로 표시된 것 보면서 안도의 한숨을 내쉬었다. 휴, 다행이다!

저쪽에 공항에 마중 나온 아내와 하린이가 보였다. 하루 만인데 너무 보고 싶었다. 억수 같은 비를 뒤로하고 집으로 돌아오는 내내 제주도 답사 이야기보따리를 풀었다. 답사는 보람찼다. 우리는 제주도로 간다. 가슴이 뛴다.

이제 준비 시작이다!

언제나 내 곁에 © 강석태

3.

둥둥이도 같이 가자

　숙소 일정을 포함 제주도의 희망 일정을 이메일로 보내고 며칠이 지났을까. 5월 18일 제주도에서 연락이 오고 일정을 확정하게 된 우리는 곧바로 항공편을 예약했다. 그리고 우리 차를 이동시켜 줄 차량 탁송 업체를 검색하게 되었다.

　탁송으로 보내는 편과 렌터카 이용을 비교해서 포스팅한 글들이 많았다. 둘 다 장단점이 있었지만, 우리는 운전이 손에 익은 우리 차를 한 달간 이용하는 편이 좋았고, 코로나로 두 배 이상 렌터카 이용료가 올라간 상황이라 비용 면에서도 크게 차이가 났다. 가장 중요한 것은 우리의 살림살이와 그림 작업 짐들이 많아서 차량에 실어 보내야만 했었다.

블로그의 수많은 포스팅을 검색하다가 제○고속을 알게 되었다. 탁송 방식은 기사님이 목포까지 차량을 운전해가서 배에 싣는 로드 탁송과 카 캐리어로 목포까지 가는 두 가지 방법이 있었다. 우리는 카 캐리어로 예약했다.

비행기 탑승 전날 오전 10시에 집으로 기사님이 오셔서 차량을 인수하고, 다음 날 10시 반 이후에 제주공항 주차장에서 인계받는 시스템이었다. 중간중간에 안내 문자로 차량 상태와 일정을 보내준다. 일단 짐이 없이 가볍게 공항으로 갈 수 있어서 아이와 동행할 때 무척 좋다.

돌아오는 방법은 출발하는 날 제주공항에서 인계하고, 다음 날 오후에 집에서 인수받는 일정이었다. 다만 일요일은 제주 배편이 없으니, 만약 일요일에 인계하면 화요일에 차를 받게 된다. 참 편한 세상이다.

이제 그림 작업을 위한 짐과 한 달 동안 입고 먹는 것에 대한 여러 가지 준비를 했다. 한 달간 집을 비우면 걱정거리가 두 가지 있었는데, 키우던 달팽이 둥둥이와 몇 년간 정성스레 기른 식물이었다. 식물은 욕조에 물을 받아 담가놓고 가기로 하고, 달팽이 둥둥이는 데리고 가기로 했다.

둥둥이는 몇 달 전 하린이 외할머니가 상추를 씻다가 발견해서 키우라고 주셨는데, 요 녀석을 데려가는 방법이 생각보다 쉽지 않았다. 살아있는 생물이라 비행기 반입이 어려웠다. 화물칸에 보내는 것도 만만치 않아 결국 탁송 차에 실어 보내기로 했다.

40도가 넘는 여름날이었다. 잘못했다가 달팽이쩜이 될 수도 있을 것 같았다. 아이스 팩을 이중, 삼중으로 넣고 아이스박스로 정성껏 집을 만들었다. 그런 슬픈 일이 생겼을 때의 미래가 대략 예측이 되기 때문에 아이를 위해서 막아야 했다. 이렇게 해서 둥둥이도 제주 구경을 하게 되었다.

우리는 이후 두 번의 제주살이를 더 하게 되는데, 그때마다 차량 탁송을 이용했다. 세 번째 차를 보낼 때는 성수기인 7월의 여름이라 어려움이 약간 있었다. 예약을 미리 하지 못해 겨우겨우 인천항에서 차량을 보내는 경로로 계약을 했다. 비용은 목포항보다 약간 더 비싼 편이었는데, 이조차도 쉽지 않았다.

제주 한 달 살기가 많아지면서, 자차를 가져가는 사람들도 많아지다 보니 탁송 예약은 두 달 전쯤에 해야 좋은 것 같다. 최근 1, 2년 사이에 탁송 업체도 많아지고, 보내는 방법도 다양해진 것 같았다.

우리가 인천항에서 차량을 보낸 다음 날부터 태풍이 왔다. 뉴스를 통해 들어보니 우리 다음 배편부터는 탁송 차량을 며칠

간 못 받는 일이 생겼고, 많은 곤란한 이슈들이 있었다. 사람만 도착하고 짐이 며칠 뒤에 온다니 생각만으로 아찔했다. 여름에는 태풍으로 그런 변수가 발생할 수 있겠다 싶었다.

작은 차에 짐을 얼마나 많이 실었는지 차 문을 연다면 짐들이 만화처럼 펑! 하고 튀어나올 것만 같아서 짐을 다 싣고는 한참을 웃었다. 차를 보낼 때 탁송 기사님한테 "뒷문을 열면 무슨 일이 생길지 몰라요"하고 얘기하고, 조수석에 있는 둥둥이를 잘 부탁드렸다.

이렇게 우리는 한 달 살기 짐을 보냈다.

"이제 출발이다. 둥둥이도 같이 가자~"

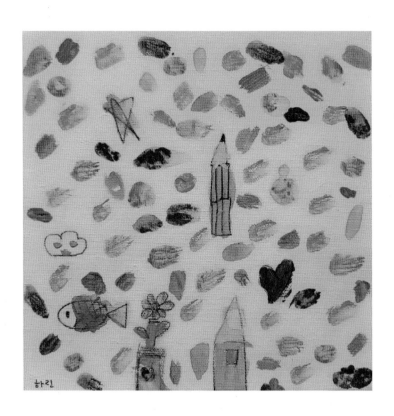

즐거운 상상 ⓒ 강하린

4.

신혼여행, 이별 여행, 그리고 행복 여행

우리 부부는 1999년에 결혼했다. 내가 대학을 갓 졸업하던 해이다. 동기들보다 무척 빨리 결혼한 경우였다. 서울에서 학교에 다니던 나는 4학년 때 대구에 있는 아내를 만나기 위해 서울-대구를 오가는 장거리 연애를 하며 아르바이트로 번 돈을 교통비와 통신비로 다 쓰곤 했다.

학교를 졸업하기 전 우린 양가 부모님의 결혼 승낙을 받았고, 졸업하던 해 5월에 결혼식을 했다. 지금 생각하면 정말 어린 나이였다. 그 당시 IMF로 인해 지금처럼 경기가 어려웠던 시기였고, 결혼식도 검소하게 치렀다.

신혼여행으로 제주도를 선택했는데, 숙소도 호텔이 아닌 바닷가 콘도로 정했다. 신혼여행을 가던 날에 비가 많이 왔었다. 노래 가사에 나오듯 커플티를 입고, 똑같이 밀려다니는 신혼부부처럼 사진을 찍으면서 그렇게 제주를 만났다.

20대의 우리가 느낀 제주도는 참 넓고 아름다웠다. 지금 돌아보면 서귀포나 관광지 몇 곳을 여행한 게 전부이지만 우리의 제주도는 참 신비로웠다. 그게 1999년의 제주도였다. 우리가 부부로서 떠난 처음 여행지이자 신혼여행이었다.

학생이었던 나는 학교에 다니며 그림 작업과 아르바이트를 하였고, 아내는 미술학원에서 아이들을 지도하며 힘들었지만 참 알콩달콩 지냈다. 대략 5년 정도 꿈같은 신혼생활이었다. 아내는 그림책 일러스트레이터로 일하며 아낌없이 내조를 해주었다. 매일 아내가 싸주는 보온 도시락을 가지고 작업실에서 그림을 열심히 그리고 그렸다. 아내의 사랑에 보답하는 길은 그것뿐이라 여겼다.

어느 날 아내의 시력이 갑자기 나빠져 안과에 갔는데 감당하기 힘든 진단을 받았다. 믿기 힘들었지만 담담한 척 이겨내야만 했다. 세 번의 큰 수술과 5년 넘게 병원을 오가는 생활이 이어졌다. 다시 평범한 일상으로 돌아오는 걸음은 참 길고도 어두운 시간이었다.

2011년 수술 후 체력 회복과 마음의 치유를 위해 우리는 제주를 택했다. 10년 만에 온 제주는 여전히 아름다웠고, 아름다운 바다는 그간의 일들을 묻어두기에 한없이 넓었다. 그때부터 2년간 우리는 제주를 네 차례 오면서 올레길을 걸었다. 걸어서 온전히 제주를 느꼈다.

어떤 날은 발톱이 빠진 줄도 모른 채 걷고 또 걸었다. 금모래 해변을 걸을 때는 둘이 손을 꼬옥 잡고 노래를 힘껏 부르며 하염없이 걸었다. 끝도 없이 무심히 걷는 그 길 위의 시간이 한없이 좋았다.

그게 2011년의 제주도였다. 서로에게 너무나 고맙지만, 그리고 미안하지만 차마 말을 하지 못해서 어설프게 봉합되었던 마음이 치유되고 있었다. 우리가 아픈 시간과 작별하자고 생각했던 씩씩한 이별 여행이었다.

2021년 우리는 둘이 아닌 셋이 되어 제주에 왔다. 10년 만에 다시 온 제주는 여전히 천연덕스럽게 아름다웠다. 여덟 살, 초등학생인 우리 딸아이와 함께였다. 우리의 신혼여행, 그 이후 10년을 모두 지켜보았을 제주는 아무 말 없이 반갑게 마중해주었다.

이렇듯 셋이 함께 온 것만으로도 정말 감사하고 행복했다.

머릿속엔 온갖 질문과 생각들이 가득했다. 생각만 해도 울컥해진다.

우린 이 여행에서 무엇을 그릴 수 있을까?

앞으로 10년 후엔 어떤 이야기가 있을까?

그때 우리가 걸었던 올레길은 그대로일까?

끝도 없이 펼쳐진 알뜨르비행장 근처 마늘밭은 그대로일까?

아름다운 올레 7코스 풍경들은 지금 어떤 색깔일까?

바닷가의 빨간 우체통에 써놓았던 소원 글귀는 그대로일까?

아이와 함께 그 길을 걸으면 어떤 기분이 들까?

우리가 아빠 엄마로서 하린이와 함께 다시 온 제주, 우리 세 식구의 행복 여행이었다.

"우리는 지금 제주도에 있다!"

아 내

제주 바다 © 강하린

Chapter 2.
너에게 한 걸음,
한 뼘씩 가려면?

여우와 어린 왕자의 첫 만남에서 이런 대화가 오고 간다.

"네가 친구를 원한다면 나를 길들여줘…" 여우가 말했다.

"너를 길들이려면 어떻게 해야 하는 거지?" 어린 왕자가 물었다.

"참을성이 있어야 해." 여우가 대답했다. 그리고 말했다. "난 곁눈질해서 너를 볼 거거든, 내게 날마다 조금씩 가까이 와서 앉아줄래? 그리고 말은 하지 마. 언어는 오해의 근원이니까…"

이 단순한 대화는 내 머릿속에 무수한 의미로 생산되어 자꾸만 곱씹어지는 장면이기도 하다. 시간이 갈수록 덧입혀지는 의미들이 있다. 세월로 덧칠된 생각은 생성과 소멸을 반복하며 마음의 지평을 넓힌다.

새로운 별에 도착한 우리 가족은 낯선 공간에 친숙해지는 연습을 했다. 잠을 자는 숙소도 새로운 공간이었고, 7~8개의 나란히 붙어있는 1층 작업 공간도 낯설었다. 우리 작업 공간 왼쪽으로 상주하고 있는 작업실의 작가님도, 오른쪽에 있는 작가분들도 아직 알지를 못한다. 이 낯선 별에서 우리 가족이 하나씩 만들어가야 할 추억의 시간과도 한 걸음, 한 뼘씩 천천히 다가가야 한다.

앞으로 우린 어떤 친구를 만나게 될까?

"사람들은 이제 아무것도 알 시간이 없어. 그들은 상점에서 이미 완성되어 있는 물건들을 사거든. 그러나 우정을 파는 상점은 아무 데도 없어. 그래서 사람들은 더 이상

한 걸음씩 걸어가기 ⓒ 이은경

친구가 없는 거야…."

여우가 말했다.

이곳에서 좋은 친구들을 만나려면 먼저 시간이 필요하겠다. 그리고 우정을 만들어야 겠지. 결국은 우정도 함께했던 시간들이 모이고 쌓여서 이루어질 거야. 나와 우리라 는 관계가 생겨나고 날마다 아주 조금씩 곁으로 다가갈 수 있는 참을성이 있어야겠 지. 또 말도 조심조심해야겠지. 언어는 오해의 근원이 되기도 하니까….

그림 속 여우를 그릴 때마다 늘 생각하지만, 여우는 참 지혜롭다. 조금씩 천천히 우 리 가족이 만날 추억과 이야기에 다가가기로 했다. 우리는 한 걸음씩, 또 한 뼘씩 낯 선 공간과 사람에게로 다가간다.

5.
낯선 공간과 친해지기

　우리가 숙소와 작업실로 지내야 할 스위스 마을은 마치 동화 속에 나오는 모습을 가졌다. 민간 건설업체가 지은 타운하우스 스타일인데, 3층으로 된 땅콩 주택을 닮았고, 작은 앞마당과 뒷마당이 있는 알록달록한 컬러의 건물 70여 동 정도가 모여 마을로 구성되었다. 그중 분양이 안 된 8동 건물을 작가 레지던시로 활용하고 있었다.

　공실 상태의 1층을 예술가들의 작업실과 미술 전시회 운영을 통해 분양과 상권의 활성화를 기대하는 형태였다. 이런 취지와 방향으로 레지던시가 운영되고 있었는데, 그 중심에는 아트랩와산의 이주희 대표가 재정지원도 없이 고군분투하며 작가들을 위한 레지던시를 만들어나가고 있었다.

우리가 배정받은 403호는 처음부터 참 좋았다. 처음엔 텅 빈 그냥 공간이었지만 책상도 가져다놓고, 작업대도 만들고, 조금씩 꾸미기 시작했고 점차 우리의 아지트가 되어갔다.

하린이는 자기의 책상 머리맡에 그린 그림들을 하나둘씩 붙여가며 영역을 표시하고 있었다. 12평의 낯선 공간이 세 사람의 작업실로 서서히 바뀌고 있었다. 하린이가 먼저 자기 공간을 완성한 것 같았다. 자기 주변을 잘 꾸민다는 사실을 여기 와서 처음 알게 된 계기였다.

작업실 뒷마당에는 옆 동으로 가는 뒷길이 있는데, 햇볕이 잘 안 드는 그늘이라 희한한 잡초들이 많았다. 앞에는 조경석이 깔려 있었는데, 나중에 하린이가 여기서 넘어져서 무릎에 상처가 나기도 했다.

여기서만 잘 자라는 귀여운 풀은 이끼 같기도 하고, 동글동글 귀여운 풀도 있었다. 1층이 공실 상태라 아직 상하수도가 설치가 안 되어 있어서 작업 특성상 물을 많이 사용해야 하는 나로서는 고민이 많았다. 하린이 역시 그때그때 물을 떠와야 했다.

401동 옆의 수도꼭지로 가야 했는데 그곳은 나중에 하린이의 놀이터가 되었다. 약간의 습도가 유지되다 보니 수도 근처에는

스위스 마을의 첫인상 © 강하린

공 벌레가 살고 있었고, 도마뱀도 있었다. 나도 도마뱀을 실제로 가까이 보기는 처음이었다. 하린이는 공 벌레를 마치 친구인 양 손바닥에서 가지고 놀았다.

하루는 물을 뜨러 갔는데, 벽에 엄지손가락보다 작은 새끼 도 마뱀이 붙어있었다. 일회용 투명 컵을 가져다가 그 녀석을 잡았 다. 하린이는 그 애를 '돌돌이'라 이름 지어주며 친구를 삼는가 했더니, 곧 다시 원래 집으로 돌려보냈다.

작업실이 1층이고, 전면이 통유리로 되어있어서 우리가 그림 을 그리고 있으면 지나가는 사람들이 체험 교실이냐고 물으면서 자주 들어왔다. 그럴 때 하린이는 특유의 친절함으로 사람들과 한참 얘기를 나누곤 했다. 작업실은 그렇게 우리와 조금씩 친해 지고 있었다.

우리 숙소는 조금 떨어진 213동의 '헬레네 집'이라는 게스트 하우스였다. 2층에 있는 7평 정도의 원룸이었는데, 침대를 제외 한 공간에 작은 밥상 하나를 놓으면 꽉 차는 공간이었다. 우리 집 거실만 한 크기였다.

그런데 신기하게도 며칠이 지나니 점점 공간이 넓게 느껴졌 다. 방에서 보는 저녁노을은 환상이었다. 큰 침대 하나에서 셋이 서 옹기종기 붙어 잤다. 아침 6시가 되면 이름 모를 새가 알람 시계처럼 노래를 부르는데, 그 소리에 도무지 늦잠을 잘 수 없었다.

　보통 나는 잠이 안 오거나, 새벽에 눈을 뜨면 혼자 작은방에서 무언가를 하곤 했는데, 여기서는 혼자 행동할 수 없다. 모든 걸 같이해야 한다. 돌아보면 그게 참 좋았다.

　이렇게 가족이 합체한 듯 있어본 적이 있었던가? 정말이지 24시간을 셋이서 함께 하게 되었다. 우리는 작업실과 셋이서 딱 붙어 자는 이 7평에서의 행복을 하나씩 만들어가며 그렇게 낯설었던 공간과 친해져갔다.

비가 내리고 기분 좋은 날
© 강석태

6.

초당 옥수수에 빠진 앞니

　함덕해수욕장 주차장 근처에서 삶은 옥수수를 팔고 있었는데, 이름이 초당 옥수수였다. 처음엔 강원도 강릉 초당에서 재배한 옥수수인가? 했다. 여름철 제주에 삶은 초당 옥수수가 있어서 그 맛이 궁금했다. 세 개를 사서 하린이가 먼저 '앙'하고 옥수수를 먹었다.

　"아빠 너무 달아, 신기해!"

　옥수수가 사탕 같다고 하면서 옥수수 하모니카를 불듯 한참을 먹더니 인상을 찡그렸다.

　"아빠, 이가 흔들려~"

　제주도에 오기 전 하린이는 앞니가 하나 빠져있었다. 또 하나 남은 앞니가 옥수수를 열심히 먹다가 흔들리는 모양새다. 뭔가 기분이 이상한지 남은 옥수수를 내게 준다. 먹어보니 기존 찰옥수수보다 단맛이 진하고, 맛이 좀 생소했다.

초당 옥수수는 1990년대 일본에서 개발된 품종으로 당도가 월등해 초당(超糖)이라 불린다고 하고, 일반 옥수수보다 두세 배 정도 당도가 높다. 그 이름처럼 단맛이 강했는데, 그러고 보니 과자 콘○에도 초당 옥수수 맛을 본 적이 있는 것 같다. 경남과 밀양, 제주도, 해남, 고흥, 강원도 등에서 나오는데 제주산은 6월 한 달만 짧게 맛볼 수 있다고 한다. 제주 초당 옥수수는 보통 옥수수와 다르게 과일처럼 생으로도 먹을 수 있다.

하린이는 아무튼 옥수수 때문에 앞니가 흔들려 초당 옥수수의 맛이 그리 즐겁지는 않은 눈치였다.

"초당 옥수수 맛이 별로 없어….”

앞니 때문에 신경이 쓰여 밥도 잘 안 먹었다.

"아빠 어릴 때는 실을 걸어 이마를 탁! 하고 때려서 앞니를 뽑았었지."

그 이야기를 해주니 무섭다고 분위기만 더 안 좋아졌다.

주말이라 병원에 갈 수도 없고 해서 월요일쯤 함덕 시내에 있는 치과에 가서 흔들리는 앞니를 뽑기로 했다. 그런데 일요일 저녁에 혼자 양치를 하다가 소리를 지른다.

"아빠~ 이빨이 저절로 톡 빠졌어. 여기 있어~"

양치하던 중에 뭐가 톡 떨어졌다며 달뜬 목소리로 자랑을 한다. 우리 하린이의 큰 근심 하나가 사라지는 순간이었다. 흔들리는 이를 아빠가 실로 묶어서 빼는 것도, 무서운 치과에 가는 것도 다 근심이었던 녀석은 양치질에서 자연스레 이가 빠지자 신이 났다. 세상 밝은 얼굴이 되었다.

다음 날 다시 물어봤다.

"하린아, 초당 옥수수 맛있었어?"

"응. 되게 맛있었어."

그렇게 아이에게 제주도 초당 옥수수는 맛있게 기억되었다. 6월 한 달만 먹어볼 수 있는 제주도 초당 옥수수의 달달한 추억이다.

구름 요정 ⓒ 강하린

7.
뿔소라에 색을 칠했다

＊

　제주도 한 달 살기 계획이 잡히고 나서 우리는 예능 방송에서 하는 리얼 버라이어티 같은 프로그램을 자주 즐겨봤다.

　섬 같은 곳에서 낚시로 물고기도 잡고, 해안가 바위 틈새에서 이름 모를 해산물을 직접 캐서 요리도 하는 방송을 보면서, 우리도 제주에 가면 그렇게 꼭 해보자며 들떠있었다. 내가 더 그런 로망이 있었다.

　사실 나는 수영도 못하고, 낚시는 더더욱 못한다. 예전에 선배와 한 번 갔는데, 지렁이를 못 만져서 미끼도 제대로 못 끼웠던 기억이 있다. 이번엔 낚시를 잘하고 싶었고, 유튜브를 검색하다가 제주도에서 업로드된 '구멍치기' 영상을 보게 되었다.

구멍치기는 해변의 바윗돌 같은 곳의 틈새에 낚싯줄을 넣고 기다리다가 물고기를 낚아채는 방법의 낚시이다. 잘만 하면 초보자인 아빠도 할 수 있을 듯했다. 낚시를 너무 해보고 싶은 하린이를 위해 인터넷으로 어린이 낚싯대도 사고, 낚시에 필요한 약간의 장비도 샀다.

제주에 가자마자 다음 날 바로 낚시부터 하려고 바닷가를 찾았다. 부지런히 스마트폰으로 검색하면서 구멍치기 장소를 찾아 헤매다가 결국 김녕 해변에서 서귀포 근처까지 가게 되었다.

유튜브에서 본 것처럼 그리 호락호락하게 물고기들이 잡히지 않았다. 바위 근처에는 파도에 밀려온 뿔소라 껍질이 가득했다. 모양도 예쁘고, 상태도 온전했다. 아쉽지만 물고기 대신 뿔소라 껍질만 한가득 주워 왔다. 결국 한 마리도 못 잡았고 빈손으로 숙소로 가게 되었다.

우리는 뿔소라 껍질을 깨끗이 씻어 말렸다. 그 위에 하얀 아크릴 물감으로 밑색을 칠했다. 하얗게 칠해진 뿔소라는 그 자체로도 예뻤고, 우리에겐 하얀 캔버스가 되었다. 자연과 더불어 예술이 탄생하는 순간이었다.

우리는 작업실에 셋이 옹기종기 모여 앉아서 뿔소라에 그림

김녕 해변을 걷다 © 이은경

을 그렸다.

"아빠, 무슨 소리가 들려…. 쉬익~~하고, 혹시 파도 소린가?"

뿔소라 껍질을 귀에 대고 한참 듣던 하린이가 말했다.

하린이의 말에 따라, 나도 가만히 뿔소라에 귀에 가져다 대었다. 문득 언제인지도 모르는 초등학교 다니던 어느 날이 떠올랐다. 우리 집에는 큰누나가 수학여행 가서 사 온, 껍질에 행복, 사랑, 그런 글귀가 쓰인 뿔소라가 있었다. 코팅 처리를 했는지 겉이 아주 매끄럽고 예뻤다. 어릴 때 누나랑 귀에 갖다 대고, 쉬이익~ 파도 소리를 듣곤 했다.

우리가 주워온 게 20개 정도 되었다. 셋이서 정말 미술 시간처럼 재밌게 색칠하면서 놀았다. 얼굴도 그리고, 무지개색으로 뿔소라 가족도 그렸다. 하얀 뿔소라 껍질에 우리의 추억을 그렸다.

작업실이 밖에서 다 보이는 통유리로 되어있고, 아이와 함께 그림을 그리고 있으니 지나가는 사람들이

뿔소라

미술 체험 공간인 줄 알고 자꾸만 들어왔다.

"한 시간에 얼마예요?"

"아녜요. 작업실인데 그냥 들어오셔서 구경하세요~"

그때마다 하린이는 또 신이 나서 처음 보는 사람들에게 종알종알 아기 새처럼 온갖 설명을 다 한다.

우리는 그 많은 뿔소라를, 예쁜 작품으로 만들었고, 가족 전시 때 설치작품으로 연출해서 전시도 했다. 하얀 뿔소라에는 우리 가족의 추억이 오롯이 담겼다. 나중에 하린이가 커서 어디선가 뿔소라를 보게 된다면 그토록 더웠던 여름날의 제주가 생각날까?

8.

키 크고 머리숱이 조금밖에 없는 애가 좋아?
키 작고 머리숱이 많은 애가 좋아?

✦

제주도를 이리저리 돌아다니던 어느 날이었다.

"아빠, 아빠는 키 크고 머리숱이 조금밖에 없는 애가 좋아? 아니면 키 작고 머리숱이 많은 애가 좋아?"

차에 타고 밖을 한참 동안 보던 리니가 내게 물어왔다.

"응? 그 애가 누군데?"

"저 야자수 말이야…."

뒤늦게 알아차린 나는 아이들이 풍경을 대하는 태도에 또 한 번 배우게 되었다. 맑은 눈에 담긴 깨끗한 세상과 조우한다. 끝없이 펼쳐지는 상상과 표현에 새삼 감탄하게 되는 것이다.

아이들은 사물과 그것들이 이루는 모든 것들을 자신과 소통

할 수 있는 대상으로 해석한다. 그들에게 배려와 관심을 주기 때문에 대화 같은 행동이 가능한 것 같다.

작은 동물들과 쉽게 교감하고, 길가의 꽃들과 나무들과 심지어 인형까지도 친구로 대하고 얘기를 나눌 수가 있다. 어른들의 소통 관계의 복잡한 메커니즘 같은 것이 없다.

그래서 어떤 대상을 그릴 때 모든 대상이 친구로 등장할 수 있는 것 같다.

사실 하린이의 그림을 보며 정말 많이 배우고, 나를 돌아본다. 나도 화면에 그리는 대상과 교감하고 느끼며 그리던 시간이 더 많았는데, 점점 다른 생각들이 그 자리를 차지해가는 것 같았다. 잠시 멍 때리듯 딴 데로 갔다 왔다.

"응, 아빠는⋯."

운전해서 제주도를 돌아다니다 보면 흔히 볼 수 있는 키가 큰 종류의 야자수와 키가 짤막한 야자수. 하린이는 이곳저곳 다니면서 그 야자수들의 머리숱을 유심히 봤구나⋯.

제주에서 가장 흔하게 볼 수 있는 야자수는 미국 캘리포니아, 아리조나 일대가 원산지인 워싱톤 야자(Washingtonia filifera)로 최대 25m까지 자라는 커다란 키에 머리숱이 산발한 것처럼 적어

보이는 모양이다. 미국의 초대 대통령인 조지 워싱톤의 이름을 따서 명명되었다고 한다.

또 다르게 많이 볼 수 있는 종류의 야자수는 대서양 카나리아 섬이 원산지인 카나리아 야자(Phoenix canariensis)로 작은 키에 줄기가 굵고 머리숱이 풍성한 잎을 가지고 있다. 카나리아 야자와 비슷한 브라질이 원산지인 부티아 야자(Butia capitata)도 자주 볼 수 있다.

그러고 보니 제주도엔 언제부터 저렇게 야자수가 생겨난 걸까? 궁금했다. 관광지로서의 차별성을 가지기 위해 60~70년대쯤 식재되었다고 포털 검색에 나와 있었다.

어찌 되었든 제주도를 이국적으로, 더 제주도답게 느끼게 해주는 것은 아마도 길 위에서 흔히 볼 수 있는 야자수들이 아닐까? 함덕 삼촌이 현지인 투어를 해주시면서 이런 얘기를 하셨다. 육지에 올라가서도 집 안에 야자수 하나씩 심어놓으면 이국적일 거라고…. 근데 과연 잘 살아날까?

제주에 왔구나! 느끼게 해주는 일등공신 야자수.

"아빠는 키 크고 머리숱이 조금 있는 애가 더 좋은 것 같다. 왠지 나 닮은 거 같아. ㅎㅎ." 우리는 또 어디론가 출발하고 있다.

큰 야자수와 작은 야자수 © 강하린

오후 3시 30분의 행복한 여우 © 강석태

Chapter 3.
길들임은 추억의 시간이 될까?

눈을 가만히 감아본다. 처음엔 혼자 있었다. 누구나 혼자일 때가 있다.

어렸을 때 가족이라는 울타리 안에 있는 동안에는 잘 몰랐다. 어른이 되고 벅참과 설렘, 두려움이 늘 공존하는 세상 속에서 마주하는 시간과 공기, 사람의 향기, 음성, 색채를 접하며 새로운 관계에 대해 조금씩 알아간다. 어떨 때는 스치듯, 어떨 때는 시간이 너무 천천히 지나가면서 사랑도 하고 멀어지고, 울고 웃으며 추억은 기록된다. 그렇게 마음이라는 머리에 있는지, 왼쪽 가슴에 자리하고 있는지 알 수 없는 어느 공간에 제멋대로 저장된다.

세 잎 클로버의 행복한 향기 ⓒ 이은경

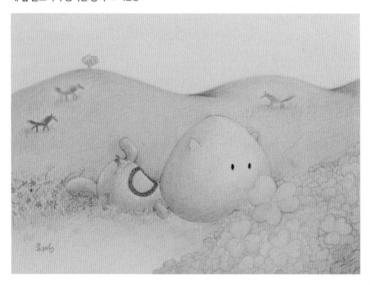

"너희들을 위해 죽을 사람은 아무도 없을 거야. 물론 지나가는 사람들은 나의 장미가 너희들과 비슷하다고 생각하겠지. 하지만 나에게는 그 꽃 한 송이가 5천 송이인 너희들보다 더 소중해…. 내가 그 꽃에 물을 주었기 때문이야. 그 꽃은 나의 장미니까."

어린 왕자는 장미꽃들에게 말을 했다.

"너의 장미꽃을 그렇게 소중하게 만든 것은 그 꽃을 위해 네가 소비한 시간이란다."

여우가 말했다.

우리는 누군가와 함께한 시간 속에서 감정을 배우고 성장하는지도 모른다.

특히 사랑하는 사람과 함께한 시간은 추억이 되고 마음의 방에 차곡차곡 쌓여서 행복의 저장소가 되기도 한다. 서로에게 전해주는 감정과 행동에 감사하고, 작은 말 한마디에 가슴이 뛰기도 한다. 사랑했던 시간은 추억이 되고, 그 추억은 행복이라는 부드러운 촉감이 되어 날 길들임으로 이끈다.

이 바다가 있는 지구별에서 사랑하는 가족과 만들어 갈 추억은 내게 어떤 길들임을 전해줄까? 나의 장미꽃을 있는 그대로 볼 수 있는 비밀은 무엇일까?

여우에게 물어본다.

"내 비밀은 이거야. 아주 간단해. 오로지 마음으로 보아야만 정확하게 볼 수 있다는 거야. 가장 중요한 것은 눈에는 보이지 않는 법이야."

그리고, 여우는 또 나에게 당부했다.

"넌 그것을 잊어서는 안 돼. 넌 네가 길들인 것에 대해 언제까지나 책임을 져야 하는 거야. 넌 네 장미에 대해 책임이 있어."

9.
돌문화공원에는 우리 달팽이가 산다

　제주 현지인이 추천하는 대표적인 장소 중에 하나가 바로 돌
문화공원이다.

　조천에 위치한 이 공원은 공원이라는 이름만 생각하고 갔다
가는 그 규모에 많이 놀라게 된다. 박물관에는 제주도의 토양,
활화산과 돌의 생성에 대한 시청각 영상부터 희귀한 수석들이
전시되어 있고, 오백장군 갤러리에는 다양한 현대미술 전시도
볼 수 있다.

　돌문화공원의 하이라이트는 1, 2코스의 곶자왈을 걸어보는
것이다. 2코스 중간에서는 아기 고라니와 눈이 마주치는 경험도
했다. 정말 돌문화공원의 숲길은 누구에게든 추천하고 싶다.

제주도에 사는 우리 달팽이 © 강하린

맑은 날과 흐린 날, 보슬비가 살짝 내리는 날 모두 각기 다른 감성을 전해준다. 하늘과 닿을 듯한 하루방 석상들을 보고 있으면 가슴이 뻥 뚫리는 기분도 느낄 수 있다.

이 돌문화공원 2코스 숲속에는 우리의 달팽이 돌이와 달이 가족이 살고 있다. 그래서 많이 애정이 간다. 작년 여름 처음 이곳에 왔을 때 우리는 뜨거운 시멘트 바닥에서 말라가고 있던 돌이와 달이를 만났고, 파주로 데려와 정성껏 키웠다.

돌이 달이는 금슬이 너무 좋아서 엄청 많은 아기 달팽이들을 낳았고, 마치 우리 모두가 부모인 듯이 함께 길렀다. 반년 뒤 돌이 달이와 그 새끼 달팽이 80여 마리를 처음 달이를 만났던 2코스 숲속에 방생해주었다.

많이 아쉬워하는 하린이의 모습이 아직도 선명하다. 그로부터 또 반년 뒤 겨울, 우리는 방생해주었던 그 숲속 장소를 기억을 더듬어 찾아갔다. 돌이와 달이는 찾을 수 없었지만, 신기하게도 주니어 크기의 돌이와 달이를 발견했다. 돌이 달이의 새끼가 자란 것 같다며 하린이는 기뻐서 어쩔 줄 몰라 했다.

한 달 동안만 같이 있다가 보내주기로 하고 숙소로 데려왔다. 정말 얘들이 그 장소에서 성장한 돌달이 새끼들일까? 어쩌면 맞는 것 같기도 했다. 아니 그렇게 믿기로 했다.

한 달 살기가 마무리되고, 떠나기 전날 우리는 이 아이들을 돌려보내기 위해 다시 돌문화공원을 찾았다. 2코스로 달팽이들을 들고 조심조심 걸어가고 있는데, 독사처럼 생긴 머리가 세모 난 뱀 한 마리를 만나 셋 다 무서워 얼음이 되기도 했다.

달팽이들을 보내주며 하린이는 또 아쉬운 작별을 했다. 작별하며 아이는 자란다. 건강히 잘 살아남기를 빌며 우리는 숲길을 나섰다. 우리 가족에게 돌문화공원은 돌달이 가족이 사는 특별한 기억의 장소이다.

너희들 잘 살고 있니? 돌달아.

10.

1100고지에 두고 온 털 부츠야, 잘 있니?

두 번째 제주살이 겨울에 처음 1100고지를 갔다. 해발 1100 미터 지점에 있는 1100고지는 차를 타고 올라갈 수 있는 한라산의 일부이다. 며칠 전 내린 폭설로 한라산이 하얗게 되었다. 차로 올라가다 보니 성판악 코스로 한라산 등반을 하려는 많은 등산객이 줄을 서 있었다.

1100고지 휴게소를 1km 가량 남긴 즈음부터 도로 양쪽에는 벌써 주차된 차들로 가득했고, 하얀 설경 속에서 사람들은 겨울 왕국을 배경으로 사진 찍기에 한참이었다. 우리도 겨우겨우 차를 세우고 영화 같은 하얀 눈 속을 걸었다. 하린이가 몇 걸음을 걷다가 소리를 친다.

"아빠, 나 빠졌어~"

아이를 구하려 나도 발을 옮겨보는데, 얼마나 깊던지 허벅지까지 푹푹 빠진다. 이런 눈밭은 처음이다. 겨우 다가가 아이를 끌어올렸는데, 한쪽 털 부츠가 땅에 묻힌 채 발만 쏙 하니 나왔다. 부츠를 찾을수록 내 몸은 더 깊게만 들어갔다. 도저히 못 찾겠다 싶어 부츠 한 짝을 포기하고, 우리는 목적지인 1100고지로 향했다.

도대체 여기가 어디지? 우리 눈에 들어온 건 자연이 만들어놓은 거대한 눈썰매장이었다. 수십 명? 아니 어쩌면 더 많은 꼬마 아이들이 눈썰매를 타고 있었다. 원래 이 휴게소가 어떤 구조였는지 알 수가 없을 만큼 온통 하얀색이고, 나무와 나무 사이로 아이들이 눈썰매를 탄다.

경찰 몇 분이 나와 있는데, 혹시 모를 안전사고를 염려한 듯 보였다. 아무런 준비도 없었던 우리는 눈썰매를 타는 한 가족에게 혹시 눈썰매를 어디서 대여하는지 물어봤지만 전부 집에서 가지고 왔단다. 그렇구나… 다 알고 준비해 오는구나!

우린 빠르게 포기하고 다음 날 마트에서 눈썰매를 하나 사서 다시 왔다. 몇 번이나 넘어지며 엉덩이가 아팠지만 잊지 못할 추억이 쌓였다. 썰매 대신 비닐 포대, 차량 매트를 타는 용감한 아빠들도 보였다.

　나는 어려서도 눈이 거의 오지 않는 지역에서 살다 보니 이런 자연 눈썰매장은 생소했고, 사실 겁도 났지만, 아이보다 더 신났다. 인공 눈썰매장과는 아주 달랐다. 콧물이 흘러 얼고 있는 줄도 모를 만큼 아이와 어린 시절의 나로 돌아갔다.

　여름에 오면 1100고지는 시원한 드라이브 코스가 되기도 한다. 어리목 근처를 지날 때는 기온이 2~3도 더 내려가고 습도도 낮아 차창으로 팔을 내고 있으면 솜털이 설 정도로 시원함을 느낄 수 있다.

　겨울에 눈썰매장처럼 보였던 휴게소 맞은편엔 람사르 습지가 있는데, 가벼운 산책 코스로 아이와 걷기 좋다. 나무 데크로 편하게 이어져 있고, 겨울 왕국에 나오는 초록 이끼가 나있는 귀여운 트롤 같은 바위들도 만날 수 있다. 걷다 보면 정말 여름인가 싶을 정도로 시원하다.

　1100고지에는 눈에 띄게 큰 백록상이 하나 있는데, 이 사슴엔 전해오는 설화가 있다.

　옛날 옛적에 병든 어머니를 모시고 있는 마음 착한 사냥꾼이 살고 있었다. 그는 사슴의 피가 모친의 병을 낫게 할 수 있다는 이야기를 듣고 사슴을 사냥하러 헤매던 중 한라산 꼭대기에서 백록 한 마리를 만났다. 활을 당기는 순간 갑자기 백록을 지키는 산신령이 나타나 활시위를 막으며 백록과 함께 사라졌는데, 그곳에 큰 연못이 있었단다. 그 연못의 물을 떠다가 어머니께 드렸더니 병이 다 나았다는 이야기이다.

그 후 사람들은 그 연못을 '백록담'이라 불렀고, 한라산의 백록을 만난 사람들은 행운과 장수를 얻게 된다는 설화가 전해지고 있다. 그래서인지 추운 겨울날에도 이 백록상에서 사진 찍는 사람들이 그렇게 많았구나 싶었다.

눈썰매를 타고 내려가는 길에 차창을 내리더니, 하얀 설경을 향해 하린이가 소리쳤다.

"안녕~ 내 부츠야. 다람쥐들과 잘 지내~~ 내년 봄에 만나자~"

제주일기-겨울 ⓒ 강하린 강석태 이은경

부분-한라산 1100고지

11.
미로공원에서

우리가 머물던 조천읍 가까이에는 김녕 미로공원이 있다. 주변 관광 지도를 보다가 우연히 알게 되었는데, 아이와 함께 가보기 좋은 곳 같았다.

처음 방문한 날에는 비가 보슬보슬 내렸다. 입구에는 아이와 놀 수 있는 작은 놀이터와 예쁘게 조경된 고양이 모양의 정원이 나온다. 이 정원은 여름에 갔을 때는 잘 보이지 않았는데, 그다음 겨울에 갔을 때는 완성이 되었는지 눈에 잘 들어왔다. 감성이 가득한 글귀에 예쁜 포토 존이 많았다. 곳곳에 스탬프를 찍을 수가 있고, 나올 때 매표소 매점에서 기념품(엽서)을 상품으로 받을 수 있다.

처음 들어갈 때는 미로 찾기가 아주 쉬울 것 같았는데, 만만히 볼 건 아니었다. 중간에 많이 헤맸다. 비가 내려 물이 고인 곳도 있었고, 습도가 높고 더운 날씨 탓에 같은 곳을 몇 번이나 뱅뱅 도니 갑자기 일하러 온 느낌도 났었다.

우리가 헤맬 때 고양이가 나타나 길을 가르쳐주기도 했다. 미로공원 안에는 여러 마리의 고양이가 살고 있다.

미로 찾기에 성공하면 성공을 알리는 종을 칠 수가 있는데, 헤맨 시간이 길어서였을까? 이 종을 치는데 뭔가 성취감 같은 기분도 들었다. 나도 스트레스 풀듯이 힘껏 종을 쳤다.

"땡땡~~땡~~~"

도착 지점에는 작은 오두막이 있는데, 그곳엔 등에 까만색 하트 무늬가 있는 하얀 고양이 '사랑이'가 기다리고 있다. 사람들에게 잘 안기고 애교가 많다.

김녕 미로공원은 제주대학교에 재직하던 미국인 교수인 더스틴(Frederic H. Dustin)이 퇴임 후 1983년부터 손수 가꾸기 시작해 1995년도에 개장한 우리나라 최초의 미로공원이다. 고인이 된 설립자의 뜻에 따라 이 미로공원 수익금의 대부분은 지역사회와 제주대학교에 장학금으로 기부되고 있다고 한다.

개장한 지 오래되다 보니 시설은 노후된 느낌이 있지만, 세월이 묻어나는 조경과 귀여운 고양이 친구들, 추억을 떠올리게 하는 아날로그식의 놀이 기구들은 우리 가족의 마음에 꼭 들었다. 특히 아기자기한 포토 존이 많아 가족사진을 남기기 아주 좋다.

또 한곳의 미로공원에 갔는데, 이곳은 '메이즈랜드'라는 미로공원이다. 돌미로, 여자미로, 바람미로 이렇게 세 가지 구역으로 나뉘어 있는데, 난이도가 김녕하고는 제법 달랐다. 누군가의 블로그 후기를 보고 갔는데, 물과 간식을 챙겨가라고 해서 속으로 '뭐가 그렇게 어렵겠어…' 했는데, 정말이지 한 시간 가까이 헤맨 것 같다.

규모가 제법 큰 편이다. 바람미로-여자미로-돌미로-장미정원-잔디광장-수수길-애지앙-미로퍼즐 박물관으로 관람이 이어진다. 미로의 벽체를 이루고 있는 동백나무의 빨간 동백들이 미로를 찾는 동안 계속 우리를 따라다녔다. 겨울에도 이곳에서 동백을 보며 미로 찾기를 할 수 있다.

메이즈랜드는 미로 찾기도 좋았지만, 박물관이 참 재미있었다. 여러 형태의 미로 게임과 2차 세계대전 당시 유행했던 영국 퍼즐 같은 꽤 오래된 퍼즐까지 시대를 초월한 다양한 미로 게임과 퍼즐 전시물들이 보는 내내 신기했다.

출구를 찾기 위해 미로를 걷다 보면 자주 왼쪽과 오른쪽을 선택해야 하는 순간이 오는데, 그때마다 하린이가 "아빠. 어느 쪽으로 갈까?" 물어보는데 혹시나 잘못 선택해서 헤매게 될까 봐 걸을수록 고민이 쌓였다.

문득 인생은 어쩌면 매 순간 선택을 강요받고 있는 것이 아닐까? 하는 생각이 들었다. 현실에서 무지개를 품고 있지만, 늘 더 좋은 선택을 위해 고민하는 우리 일상이 떠올랐다.

나중에 작업실에 돌아와서 아이와 함께 출구를 찾기 위해 어디로 갈까? 생각하던 순간을 여우의 모습을 통해 그렸다. 그렇게 나온 작업이 '어디로 갈까요?' 이었다.

행복의 도착지는 순간순간 선택의 몫이기도 하지만, 찾아가는 과정에서 더 좋게 만들어지기도 하겠지? 미로공원에서 헤매다 느낀 기분 좋은 생각이다.

어디로 갈까요? © 강석태

12.

분홍분홍 키티랜드

만약에 딸아이와 한 달 살기를 간다면 한 번쯤은 들려봐야 할 곳이 키티랜드가 아닐까? 생각해본다.

이곳은 매번 지나치기만 했던 박물관이기도 했다. 나도 아내도 별 기대 없이 들렀다가, 엄마 아빠가 더 신나서 추억에 퐁당 빠져버렸다.

제주에 즐비한 오래된 박물관 중의 하나이겠거니 생각했는데, 조형물과 디스플레이, 시각적인 구성이 일본 여행에서 보았던 박물관들과 비슷한 수준으로 느껴졌다. 수많은 포토 존과 아기자기 예쁜 헬로키티들이 어른의 동심을 몇 번쯤 들었다 났다 한다.

늘 그렇듯이 최종 도착지엔 기프트 샵이 나오는데, 홀린 듯이 쇼핑을 하는 사람들을 볼 수 있다. 마치 디즈니랜드에서 출구를 나오면서 반드시 들리게 되는 기프트 샵에서 캐릭터에 홀려 쇼핑하고 있는 풍경과 비슷했다. 키티랜드에 놀러 온 관람객들을 둘러보면 거의 다 딸아이와 함께 온 부모님들이거나 간혹 누나에게 이끌려 온 남자 꼬마들도 있다.

헬로키티는 무려 1974년생이다. 여기서 처음 안 사실이지만 헬로키티네 가족도 나름 유명한 캐릭터들이었고, 역시 산리오 친구들도 헬로키티와 협업하며 볼거리를 제공하고 있다. 최근에 산리오 캐릭터들이 시중에서도 다시 인기를 끌고 있어서 그런지 산리오 친구들을 더 열심히 보는 사람들도 많았다.

헬로키티는 1974년도부터 여러 세대의 디자이너를 거치면서 변화되어 왔다. 정말 오랫동안 사랑받고 있는 캐릭터인 것 같다. 박물관에는 50년 가까이 조금씩 변화되어 온 헬로키티의 모습도, 조형물과 드로잉들도 볼 수 있다.

1층 로비부터 귀여운 헬로키티 인형으로 쌓아 올린 2층 높이의 거대한 키티 탑이 반겨주는데, 조형물 앞에 있는 자판기 같은 기기에서 셀프 영상을 찍은 뒤 자신의 이메일로 전송할 수도 있게 되어있다.

유니새 ⓒ 강하린

간혹 헬로키티로 온통 차려입은 키티 덕후인 듯한 일본인 관광객도 보인다. 각각의 층마다 잘 짜여진 포토 존과 디스플레이, 조형물의 완성도가 조잡하지 않고 예쁘다. 입장할 때 구매하는 기념품과 함께 동봉된 스탬프를 채워가며 관람하게 되는데, 스탬프를 다 채우면 기념품을 준다.

그사이에 들리게 되는 헬로키티 카페는 참 영리하게 자리 잡았다. 마지막 층에서는 정해진 시간을 두고 짧은 3D애니메이션도 보여주고, 옥상을 들르면 아기자기한 미로와 포토 존이 나온다. 제주의 흑돼지를 타고 있는 키티도 있다.

박물관이라는 곳이 개인 취향에 따라 호불호가 있겠지만 딸아이와 함께 둘러보기엔 참 괜찮은 곳이다. 사실 우리는 두 번이나 갔다. 어쩌면 엄마 아빠가 더 좋아했는지도 모르겠다. 어른의 마음도 분홍분홍해지는 곳이다.

Chapter 4.
마음속 어린 왕자야,
파랑새를 보았니?

어느 맑은 겨울밤. 하늘을 보며 소리를 내지 않고 울었다.

많이 힘이 들어서 깊은 잠이 들고 싶었다. 그런 날이 있었다.

나는 꿈을 꾸었다.

아이는 행복을 좇고 있었다. 귀를 막고 앞과 위를 번갈아 보며 달려간다.

무지갯빛이 도는 기억의 정원을 지나 낯익은 문 앞에 멈추어 섰다.

방 안에는 오래전 나와 닮은 소년이 서있다.

소년은 가만히 파랑새를 바라보다가 고함을 크게 지르고는 어느새 사라진다.

그 소리에 파랑새는 퍼덕이며 멀리 날아가 버렸다.

꿈에서 깨어났지만, 어제의 일상에서 미끄러져 온 슬픈 생각이 나를 채운다.

오늘은 사랑하지 않고 내일에서 행복을 찾으려 애쓰며 보내던 시간이 있었다. 어쩌면 오래전 마테를링크가 틸틸과 미틸을 통해 찾으려 헤매던 파랑새를 나도 그렇게 힘들게 찾고 있었는지도 모르겠다.

마음의 눈으로 다시 주위를 바라보면 일상의 처마 밑으로 날아든 파랑새를 만날 수 있을까?

아이의 품 안에서 체온을 나누고 있는 낡은 인형의 머리에도,

방 안에 스미는 늦은 오후의 길게 늘어진 햇살에도,

베란다에 뒹구는 흙만 담긴 화분과 그 속에 갓 피어난 새싹의 어깨에도,

파랑새는 부유한다.

당신의 파랑새는 늘 곁에 있었습니다 ⓒ 강석태

언제나 우리의 일상을 맴돌고 있는데, 멀리서만 찾았다.

기차역의 전철수가 어린 왕자에게 말했다.

"급행열차 속의 승객들은 아무것도 쫓아가지 않아. 저 안에서 잠을 자거나, 그렇지

않으면 하품이나 하고 있지. 단지 어린아이들만이 유리창에다 코를 바짝 붙이고 있

을 뿐이란다."

"어린아이들만이 자신이 무얼 찾고 있는지를 알고 있어요."

어린 왕자가 말했다.

"아이들은 낡은 헝겊 인형 때문에 시간을 소비하지요. 그러다 인형은 아주 소중한 것

이 되어 버리죠. 그래서 만일 누군가 그들로부터 인형을 빼앗아가면 어린아이들은

울어요…."

"아이들은 행복하구나." 전철수가 말했다.

나는 어린 왕자에게 물었다.

"넌 혹시 세상에서 가장 아름다운 풍경을 본 적 있니?"

"사막은 참 아름다워." 어린 왕자가 다시 말했다.

"사막이 아름다운 것은 그것이 어딘가에 우물을 감추고 있기 때문이야…."

13.
카멜리아 힐에서 날아온 편지

여름의 어느 날 과거로부터 편지가 도착했다. 1년 전 제주의 여름에서 날아온 편지였다. 잠시 잊고 있었는데 작년 여름 우리는 제주 카멜리아 힐에서 1년 뒤 받아보는 편지를 보냈었다.

하린이에게 온 엽서에는 이렇게 쓰여있었다.

"안녕~ 미래의 하린아. 너는 제주도에서 숙소와 작업실에서 생활하고 했어. 1달 살기를 제주도에 왔던 기억을 떠올려 봐. - 과거의 하린이가"

맞춤법이 서툰 작년 하린이의 글씨체가 너무 귀엽게 다가왔

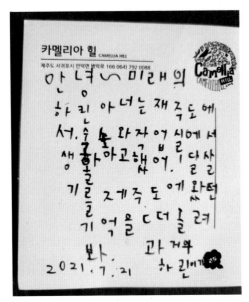

카멜리아 힐에서 온 편지

다. 그래. 무척 더웠던 1년 전 여름이었다.

한 달 살기가 며칠 남지 않았던 7월 말의 습하고 무더운 여름
날. 우리는 카멜리아 힐에 갔다.

이름 그대로 동백나무로 가득한 이곳은 제주 안덕면에 위치
한 동백꽃 명소이다. 30년 동안 개인이 열정으로 만든 큰 규모의
식물원이다. 1989년에 만들어진 이곳은 약 6만 평 부지에 6천여
그루의 동백나무가 있다.

동백꽃뿐만 아니라 250여 종의 제주 자생식물이 살고 있다. 다양한 식물들 사이의 산책로를 따라가면 여러 가지로 연출한 포토 존이 있어 예쁜 스냅사진 찍기가 좋다.

봄에는 토종동백, 튤립, 벚꽃, 참꽃, 철쭉이 피고, 여름에는 수국, 치자, 맥문동, 한라 수국을 볼 수 있으며, 가을에는 흰동백, 국화, 털머위, 천일홍, 핑크뮬리가 피고, 겨울에는 흰동백, 분홍동백, 애기동백, 토종동백을 볼 수 있단다.

제주에는 동백을 볼 수 있는 곳이 워낙 많긴 한데, 아이와 산책을 하며 오랜 세월이 만들어낸 동백 정원을 함께 걷고 느껴보기에 참 괜찮은 곳이다. 관람 동선은 여러 가지로 선택할 수 있는데, 대략 40~80분 정도 소요된다.

이 중 보순연지 연못은 아내를 향한 카멜리아 힐 정원사의 사랑이 느껴진다. 보순연지는 평생을 함께하며 헌신적인 사랑을 베풀어준 아내를 위해 조성되었고, 그중 첫 번째 연못은 아내의 얼굴을 형상화하였다고 한다.[1] 연못에 피어있는 수련처럼 아름다운 마음이다.

1) 카멜리아 힐 내(內) 10번 안내도 참조

우리는 여름에 처음 와서 동백은 볼 수 없었다. 11월부터는 동백 축제도 열리고 겨울에 오면 예쁘고 다양한 동백을 구경할 수 있다. 여름에도 나무들이 주는 그늘과 에너지가 좋아서 더위 정도는 감수할 만하다. 수국이 가득한 산책로에는 돌로 만든 귀여운 동물 모양의 벤치가 있고, 예쁜 글귀들이 구간마다 우리를 반겼다.

아기자기한 전구에 불이 들어오는 후박나무 전구 숲길을 지나니 숲속에 작은 카페 하나가 보였다. 목이 말라 감귤 주스를 사러 들어갔는데, 카페 안에는 1년 뒤 받을 수 있는 엽서를 팔고 있어서 우리는 3장(발송 비용까지 1000원/1장)을 샀다.

카페 외부에 있는 야외용 테이블에서 우리는 각자 미래의 자신에게 편지를 썼다. 각자 뭐라고 썼는지는 비밀에 부쳐두고 1년 뒤 함께 보자고 했었다. 그렇게 1년 전에 보낸 편지가 드디어 오늘 도착했다. 과거의 진심이 시공간을 뚫고 내게 전달된 것이다. 기분이 묘했다.

처음 해본 제주도에서 우리 가족의 한 달 살기!
스위스 마을에서 그림 그리고, 놀고, 가족 전시회까지 이룬 우리 가족!

한 달간의 행복한 시간! 늘 기억하고 간직하면서 항상 건강하게, 행복하게 또 일 년을 보낼꺼야! 은경, 하린 사랑해~ 아빠가 ♡ - 과거의 내가 보냄.

나에게 온 편지에는 이렇게 쓰여있다. 웬 느낌표가 이렇게 많은지…. 이 편지를 받고 며칠 후에 우리는 또 한 번의 제주 한 달 살 이를 떠났다. 어떻게 또 소중한 시간을 마주해야 하는지에 대해 우리에게 힌트를 전해주었다.

우리는 그렇게 과거의 시간을 만났고, 다시 1년이 지나 우리에게 편지 한 통을 보내게 되었다. 그 편지는 또 어떤 시간을 전해줄까?

14.
거문오름의 수국 이야기

우리 숙소와 가까운 조천읍 선교로에는 세계문화유산으로 지정된 거문오름이 있다.

제주 한라산 기슭에 만들어진 기생화산의 하나로 오름이 숲으로 우거져 검게 보여 '검은 오름'이라 불리다가 거문오름이 됐다고 한다.

해발 456m로 오름에서 흘러나온 용암이 북동쪽 해안선까지 이어지면서 20여 개 동굴을 형성했다. 한 화산에서 이처럼 긴 동굴이 만들어진 예가 세계적으로 드물고, 일부 용암굴에서는 석회굴의 모습까지 보인다. 이런 이유로 뱅뒤굴, 만장굴, 김녕굴, 용천동굴, 당처물동굴 등이 세계자연유산으로 등재됐고, 2018년

에는 웃산전굴, 북오름굴, 대림굴이 추가됐다. [2]

거문오름은 1년에 한 번씩 국제 트레킹 대회가 열리는 기간에는 사전 예약 없이 무료로 탐방할 수 있다. 또 이때에는 평소에는 개방하지 않았던 비밀의 원시림 '용암길'을 볼 수 있다. 우리는 운좋게 이 기간에 거문오름을 방문하게 되었다.

비가 개이고 엄청나게 더웠던(제주 현지 분들이 10년 만에 더위라고 얘기하심) 여름날, 우리는 물 한 병과 모자 하나를 쓰고 걸음을 시작했다.

약 1.8km 정도 되는 정상 코스로 힘들게 나무 계단을 오르니 너무 시원한 바람과 오름들이 눈에 들어왔다. 아직 하린이에게는 분화구 코스가 힘들 것 같아 다음에 오면 도전하기로 하고 천천히 숲과 나무들을 구경하며 돌아 나왔다.

여름이 깊어지자 곳곳에 지고 있는 수국이 엄청 많았었는데, 내려오는 넓은 숲길에서 아직 지지 않은 꽃잎이 많이 달린 수국을 만났다.

"수국, 예쁘지요?"

2) 서울신문, 2022. 7. 25 기사 참조

수국을 자세히 쳐다보는 하린이에게 숲 해설사 할아버지가 다가오시며, 수국에 대해 우리가 몰랐던 얘기를 들려주신다. 수국의 사방으로 나와 있는 꽃잎처럼 생긴 녀석은 꽃이 아니라 이파리인데, 수정을 위해 벌과 나비를 유인하기 위해 꽃인 양 화려하게 활짝 피어있는 것이라고 한다. 꽃이 작아 잘 보이지 않기에 이렇게 잎으로 수정을 유도하고 역할을 다한 잎들은 뒤집히면서 시들어버린다는 재미있는 사실을 듣게 되었다.

"와, 똑똑한데~!" 하며 하린이가 감탄한다.

제주에 오면서 보게 된 예쁜 수국이 이런 노력까지 하면서 수정을 한다니….

대견하다. 문득 우리 부부의 지난날이 티비 프로그램 〈인간극장〉처럼 스친다.

아내의 오랜 병원 생활로 비슷한 시기에 결혼한 동기들보다 많이 늦은 아이. 그때 우리는 정말 노력했다. 3년 넘게 산부인과 전문 병원을 오가며 할 수 있는 방법은 다했다. 마음씨 좋으신 담당 의사 선생님과 의지가 무척 강한 아내의 끈기로 하늘이 주신 보석 같은 선물을 맞이했다. 자연분만을 위해서 임신기간 동안 우린 매일 1.5km씩 함께 걸었다. 두 번 다시 수술이라는 상황을 마주하기 싫어서였다.

거문오름의 수국 © 강하린

10여 년 전 일들이 주마등처럼 스쳐 지나간다.

그런 보석 같은 아이와 함께 거문오름의 수국을 보고 있다
니. 범사에 너무 감사하다.

'거문오름에 핀 수국아. 너도 참 고맙다!'

15.
신성한 나무

　조천읍 와산리 694-1번지에는 영험해 보이는 나무가 우직하게 서있다. 와산리 회전교차로 인근 고사리식당이 있는 골목을 굽이돌아 들어가서 몇 채의 집을 지나면 만날 수 있다. 이 나무는 레지던시에서 만난 사진작가인 박정근 작가님의 소개로 알게 되었다.

　수령이 500~600년쯤 된 팽나무인데 그 외형과 아우라가 무척이나 신비하여 신성함이 느껴졌다. 나무의 가지가 잘 드러나는 겨울에 이 나무를 보면 그 형태를 더 잘 볼 수 있다. 저녁노을이 질 때 나무의 오른편에서 보면 더 신비롭게 보여서 멋있는 한 폭의 풍경화가 된다.

조천읍의 오래된 나무

이 거대한 나무 밑에서 올려다보면 갓난아기가 웅크려있는 형상도 있고, 뿌리와 가지가 서로 얽혀있는 모습이 어디가 경계인지 구별이 잘 안 될 정도이다. 오래된 팽나무를 몇 번 봤지만, 이 나무의 외형은 참으로 신비롭다.

나무의 앞 안내판에는 관리자인 와산리 이장님이 써놓은 설명이 있었다. 〈와산리 하르방 베락당〉이라 적혀있고, 이 팽나무를 신당으로 하는 마을의 신화 역사가 있는 곳이어서 마을 후손들에게 물려줘야 한다는 생각에서 잘 보존하고 관리한다고 적혀있었다.

지난겨울에 대학교 은사님과 친한 모임의 지인분들이 오셨는데, 유독 나무를 좋아하는 은사님께 소개해드렸다. 겨울나무의 모습에 모두 신기하게 바라보고 가셨던 게 기억난다.

나무를 가까이서 자세히 보면 연리지 같기도 하고, 뿌리의 모양이 너무나 특이하다. 가지와 가지가 얽혀있고, 굳어진 돌 같은 부분도 보인다. 나무 아래에는 어떤 이가 소망을 빌었으리라 짐작되는 술병이 거꾸로 땅에 박힌 채 뒤집혀있었다. 누군가가 나무에게 소원을 빌었나 보다.

종교적 관점을 벗어나더라도 이 신목은 무어라 말을 하는 듯한 느낌을 준다. 해가 지는 제주의 하늘과 너무나 어우러져 신비한 아름다움을 보여준다. 여름과 겨울에 여러 번 이 나무를 보러 왔는데, 나뭇잎의 양과 모양, 날씨, 계절과 시간대, 하늘의 색깔에 따라 너무나 변화무쌍한 느낌을 전해준다. 볼 때마다 전혀 다른 모습이다.

제주에는 오래되고 큰 팽나무가 많은 편인데, 이렇게 장엄한 팽나무는 잘 보지 못했다. 오랜 시간 살아낸 세월에 대해 아주 조용히 얘기를 들려주고 있는 건 아닐까? 아주 오래전 누군가도 지금의 나처럼 이런 생각을 했을까?

조천읍 쪽에 오게 된다면 한 번쯤 들러보아도 좋을 것 같다.

16.
세상에서 가장 아름다운 풍경

결혼 생활 5년 만에 5층짜리 아파트로 이사를 했다. 오래되고 조그만 소형 아파트였지만, 우리는 이사를 하고 너무 기뻤다. 5층까지 걸어 오르고 물건을 나르기엔 무척 힘들었지만, 하늘이 잘 보이고 햇볕도 잘 드는 그런 집이었다.

베란다에 들어오는 햇살이 너무 좋아서 우리는 화분 몇 개를 샀다. 아내는 정성껏 물을 주며 화초들을 가꾸었다. 그런데 이사를 오고 얼마 지나지 않아 갑작스러운 수술로 꼬박 두 달이 넘는 병원 생활을 해야만 했다.

병동에 있는 긴 시간 동안 장모님과 교대로 집에 들어오곤 했는데, 나는 아무도 없는 불 꺼진 집으로 들어오기가 정말 싫었다. 집에 들어오는 날이면 화분에 물을 주고 다시 병원으로 돌아가서는 다른 층 복도에서 몰래 자곤 했다.

만약 집에 있는 화분의 화초가 아프거나, 혹시라도 죽게 되면 아내에게 무슨 일이라도 생길 것만 같아서 늘 걱정이 많았다.

그때는 왠지 그런 작은 미신이라도 믿고 싶을 만큼 절실했다. 화초들을 모두 잘 키우면 아내의 치료도 다 잘될 것 같았다. 다행히 나는 퇴원할 때까지 하나도 아픈 애 없이 다 잘 키웠다.

아내가 병원에 있을 때 병실에는 크고 작은 화분들이 하나둘씩 늘어갔고, 퇴원할 때 집으로 모두 가져왔다. 우리 집 작은 베란다와 거실에는 무려 15개의 크고 작은 화분들로 가득 찼다.

퇴원 직후 아내는 수술 후 후유증으로 거동이 상당히 어려웠다. 일주일에 3일씩 재활치료를 다녔고, 부축을 받으면서도 매일 1~2시간씩 걷는 연습을 했었다. 느리지만 아주 조금씩, 조금씩 아내는 회복하고 있었다.

나는 또 작은 행운이라도 기대하는 마음처럼 15개의 화분을 정성껏 가꾸었다. 한 번씩 욕실에 모두 옮겨놓고 샤워기로 물을 듬뿍 주기도 하고, 사랑으로 돌봤다.

어느 날 퇴근하고 집에 들어와서 나는 깜짝 놀랐다. 그 많은 화분이 욕실로 옮겨져있는 게 아닌가?

"오빠. 내가 화분들 옮겨서 모두 물을 줬어…."

아내가 자랑하며 얘기했다. 혼자서 거동도 힘든 사람이 어떻게 저 무거운 화분들을 다 옮겼을까…. 조그만 욕실 가득 물을 머금고 있는 15개의 화분을 보니 눈물이 그냥 흘렀다.

내 눈에 들어온 건 욕실 가득 피어있는 기적 같은 풍경이었고, 또 세상에서 가장 아름다운 풍경이었다. 가슴이 먹먹하고 눈물이 멈추지 않았다.

얼마 뒤 나는 그 풍경을 잊지 않기 위해서 그림으로 그렸다. 내겐 세상에서 가장 아름다운 풍경이었다. 아픈 아내가 키우는 15개의 화분들이었다.

그로부터 꽤 많은 시간이 흘렀다.

우리는 제주도에서 한순간 한순간을 소중하게 기억으로 만들어가고 있었다.

사려니 숲길에서 아내 곁에 손을 잡고 걷고 있는 아이의 뒷모습, 그 까르르 웃음소리에 난 순간적으로 시간이 멈춰진 것 같았다. 멍해서 잠시 서있었다.

너무 아름답고 평화로운 모습을 그냥 계속 바라보고만 싶었다. 내 눈에 들어온 것은 아름다운 풍경이었다. 형광 초록의 갓 태어난 잎사귀들과 숲으로 들어오는 햇빛과 바람. 딸아이의 웃음소리. 흙바닥의 오래된 나무 조각들이 내는 자박자박 발걸음 소리까지도….

너무 감사해서 눈물이 핑 돌았고, 가슴이 그냥 아픈 것 같았다. 내 가슴속에 기억되고 있던 풍경이 이제 바뀐 것 같았다. 세상에서 가장 아름다운 풍경이었다. 함께 걷는 지금이 가장 소중한 풍경이었다.

그 모습은 내겐 세상에서 가장 아름다운 풍경이 되었다.

아내가 키우는 15개의 화분들 © 강석태

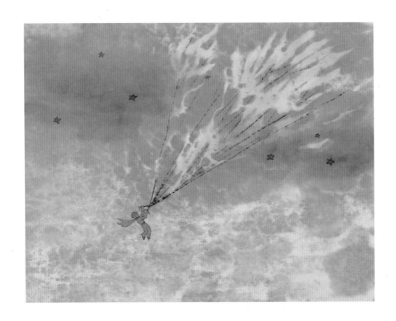

구름을 타고 오다 © 강석태

Chapter 5.
지구별의 행복한 색깔들

별에서 온 아이는 지구별을 여행하며 많은 사람을 만났다.

다시는 노란 뱀에게 부탁하지 않을 거라 다짐도 했다.

그의 곁에 있는 시간을 예쁜 꽃으로 가득 채운다.

마음의 눈으로 다시 주위를 바라본다.

아침 햇살에 만나는 한 잔의 찻잔 속에도,

여우가 좋아하던 밀밭의 한 귀퉁이에도,

작은 아이의 파랑새는 노래한다.

보이진 않지만, 항상 우리의 일상에 머물고 있다.

어느 날 아이는 파랑새를 만났다.

아이가 물어본다.

"네가 사람들이 말하는 행복이니?"

파랑새는 말했다.

"아니, 나도 그 행복을 언제나 찾고 있단다."

나는 오늘도 작은 이야기를 그리며, 어린 왕자와 지구별을 여행한다.

그 소중한 시간은 그림 속에 행복한 색깔의 꽃으로 피어난다.

파랑새는 오늘도 마음속 작은 아이를 만난다.

별소년, 파랑새를 만나다 © 강석태

17.

사려니 숲의 무지개나무

우리 숙소 가까운 곳에는 사려니 숲이 있었다. 차로는 15분 정도 거리에 있는데, 서귀포를 가려면 자주 지나가던 곳이었다. 사려니 숲 주차장이 협소해 입구 쪽을 기준으로 좌측 우측 도로에 길게 노상 주차된 차들을 보며, 언제 한번 가야지 하고 늘 생각만 하다가 드디어 햇살 좋은 날에 들렀다.

사려니는 '살안이' 혹은 '솔안이'라고 불리는데, 여기에 쓰이는 '살' 혹은 '솔'은 신성한 곳 또는 신령스러운 곳이라는 신역(神域)의 산명(山名)에 쓰이는 말이다. 즉 사려니는 '신성한 곳'이라는 뜻이다.

사려니 숲길은 서귀포시 남원읍 한남리 사려니오름에서 물찻오름을 거쳐 제주시 조천읍 교래리 비자림로까지 이어지는 115km 거리의 숲길을 말한다. 해발 500~600m의 유네스코 생물권보전지역에 위치한 사려니 숲길은 완만한 평탄 지형으로 물찻오름, 괴평이오름, 마은이오름, 붉은오름, 거린오름 및 사려니오름과 천미천, 서중천 계곡을 끼고 있다. 전형적인 온대산림인 졸참나무, 서어나무, 산딸나무, 때죽나무, 단풍나무 등 천연림과 인공조림된 삼나무, 편백나무 등이 다양하게 서식하고 있어 에코 힐링을 체험할 수 있는 최적의 힐링 숲이다.

숲길 곳곳에는 잣성(중산간 목초지에 만들어진 목장 경계용 돌담)과 숯가마터 등 흔적이 남아있어 제주의 산림 목축문화를 엿볼 수 있는 숲길로 신성한 생명의 공간이자 자연 생태문화를 체험하는 소통의 공간이다.[3]

입구부터 나무 데크가 설치되어 있어 어르신은 물론 어린이들도 산책하기 좋은 곳이다. 숲을 가득 채우고 있는 쭉쭉 뻗은 삼나무, 편백나무가 하늘을 거의 다 가릴 듯이 위로위로 시원하게 솟아있다.

3) 사려니 숲길 정문 입구 안내도 참조

숲이 주는 향기와 청명함이 머리를 상쾌하게 한다. 걸어가는 내내 고사리와 수국을 많이 만날 수 있다. 숲속 놀이터에는 다소 투박하지만, 나무 징검다리를 건너며 아이와 놀 수도 있고, 마음껏 땅도 밟고, 나무다리를 건너며 타이어 재료로 만든 아파트의 인공놀이터에 익숙한 아이들에게는 다소 생소한 경험을 느끼게 한다.

굵은 나무 둥치와 기둥에 가득한 이끼를 보고 있으면 마치 토토로가 사는 숲에 온 것 같았다. 우린 한참을 걸었을까? 맑았던 날씨가 갑자기 흐려지더니 비가 오기 시작했다. 우산이 없는 우리는 다시 입구 쪽으로 급하게 나갔다. 머리가 살짝 젖을 때쯤이었나? 거짓말처럼 비가 그치고, 숲을 가득 채운 나무 사이로 햇살이 새어 나왔다.

그 순간 내 눈에 들어온 건 무지개색으로 변한 나무들이었다. 아니 순간적으로 햇살을 받은 나무들이 숲을 무지갯빛으로 만든 것처럼 보였다. 무지개 숲에 서서 웃고 있는 하린이의 모습이 너무 행복해 보였다. 옷이 조금 젖어도 우리는 숲이 주는 향기와 형언할 수 없는 신비로운 색깔에 그저 즐거웠다.

숙소에 와서 다시 생각하니 '사려니'의 뜻인 '신성한 곳'의 의미가 생각났다. 우리가 순간적으로 느꼈던 무지개색은 너무 신비로웠다. 그 신성함을 느꼈던 것일까? 다음 날 작업실에서 여우를 한 마리 넣어서 무지개 숲의 여우를 그렸다. 여우가 하린이 같기도 하고, 자연 속에서 신비로웠던 우리의 기억을 남기고 싶었다.

사려니 숲에서 느꼈던 행복의 색은 바로 '무지개색'이다.

무지개 숲의 여우 © 강석태

18.

바닷가의 우체통과 숲길에서 만난 토끼

✳

2011년 즈음, 아내가 또 한 번의 큰 수술을 남기고 있던 초가을 날이었다. 우리 부부는 체력을 끌어올리기 위해 제주도 올레길을 돌고 있었다. 2년 동안 네 번을 오가며 제주도를 걸어서 완주했다.

지금은 올레길을 찾아오는 사람이 10년 전 그때보다 줄었지만, 당시에는 코스마다 올레꾼들을 쉽게 볼 수 있었다. 허기가질 때면 작은 슈퍼에서 파는 올레꿀빵으로 일단 배를 채우고, 낯선 식당을 찾아다니며 맛집 탐방도 하곤 했다.

끝없이 이어지던 알뜨르비행장 가는 길의 마늘밭. 지금은 폐쇄됐지만, 아슬아슬 파도를 피해가며 걷던 외돌개 해안 코스, 금

모래 해변의 풍경들. 발톱이 빠진 줄 모른 채 한참을 걸어 다니기도 하고, 힘들 땐 둘이 손을 잡고 크게 노래도 부르며 그렇게, 그렇게 우리는 걸어 다녔다.

땀으로 흠뻑 젖은 채로 금모래 해변을 걷고 있는 우리를 보며 차를 세워놓고 "올레, 재밌어요?" 하고 물어보던 가수 이문세 아저씨를 만나서 얘기도 나눴고, 자동차로 다닐 때는 전혀 볼 수 없던 제주의 돌, 바람, 흙, 나무, 바다, 자연의 풍경들을 눈과 코와 귀, 발바닥, 피부의 모든 감각으로 만날 수 있었다.

여러 올레길마다 모두 추억이 되고 즐거웠지만, 7코스에서 마주치는 풍경들이 특히나 좋았다. 켄싱턴리조트(옛 풍림콘도) 실외수영장에서 바다 쪽으로 걷다 보면 작은 숲이 나오고 그 안에는 커다란 나무와 빨갛고 거대한 우체통이 있었다.

이곳은 올레길 중간 지점으로 게스트하우스가 있기도 했고, '바닷가 우체통' 주변에는 화이트 펜으로 이곳저곳에 추억의 흔적을 새겨놓을 수 있는 장소들이 많았다. 우리 부부도 소원을 적어두기도 했다. 그 큰 우체통은 1년 뒤 받을 수 있는 편지를 부칠 수 있었다.

우리가 10여 년 전 걸었던 그 올레길을 이제 하린이와 걷고 있다. 바닷가 우체통이 있던 곳은 변했고, 우체통은 사라졌다.

우리의 소원을 적어놓은 글씨도 추억 속으로 사라졌다.

알록달록한 나무 의자와 그네가 생겼고, 새로이 생긴 포토 존들이 낯설게 그 자리를 채우고 있었다. 좀 뜬금없긴 했지만, 그 작은 숲길에는 예쁜 토끼 한 마리가 놀고 있었다. 하린이는 토끼 옆으로 조심스레 다가가 한참을 쪼그리고 앉아 있었다. 토끼와 하린이가 서로 쳐다보며 얘기 나누는 모습이 너무 예뻤다. 동화 속의 한 장면처럼 소중하게 남아있다.

그 풍경은 숲길에서 만난 행복이었다. 결과를 장담할 수 없는 또 한 번의 큰 수술을 앞둔 상황에서 건강하고 행복할 내일을 빌며, 나무 어딘가에 꾹꾹 눌러쓴 우리의 소원 글귀가 마치 마법처럼 이루어져 눈앞에 나타난 느낌 같은 거였다.

시간이 멈춰버린 것 같았고, 행복이란 감정을 마음대로 꺼내볼 수 있는 것이라면 어떠한 제약도 없이 이 장면을 매일매일 꺼내보고 싶었다.

이 고마운 행복의 색깔은 '초록'이다.

19.
강정포구의 예쁜 노을

✦

제주 한 달 살기의 여름부터 우리는 낚시를 자주 다녔다.

뿔소라 이야기에서 낚시를 하게 된 배경에 관해 얘기했는데, 낚시에 대한 로망의 시작은 섬에 가서 자급자족하는 예능프로를 본 후부터였다.

처음엔 허탕을 치고, 뿔소라 껍질만 한가득 잡아 왔지만, 우리 가족은 낚싯대와 냉동 새우만 가지고 용감히 낚시하러 다녔다. 바닷물이 빠진 해안가 바위에서 자주 낚시를 했다.

두 번째, 세 번째 갈수록 손가락만 한 녀석, 손바닥만 한 녀석들이 잡혔다. 하린이는 꽃게를 잘 잡았다. 새우를 미끼로 낚싯줄을 드리우고 있으면 기가 막히게 꽃게들이 달려와 새우를 빼먹고 달아난다.

그렇게 함덕 근처 이름 모를 해변에서부터 김녕 해변, 산방산 인근, 하두리 해변, 서귀포의 강정포구까지 낚시를 다녔다. 제주도는 해변이 많지만 대부분 마을 어장이 많아 낚시를 할 수 있는 곳이 한정적이다. 마을 어촌계의 안내 표지가 없는 작은 포구나 바위 해변 근처에서 낚시를 했다. 우리 가족 중에서 아내가 낚시를 가장 잘했다.

가장 큰 놈을 잡은 것도, 가장 많이 잡은 것도 아내였다. 한번은 서귀포 인근 바위에 앉아서 낚시를 하다가 거친 현무암 바위에 걸려 청바지 엉덩이 부분이 찢어졌다. 하린이는 우스워 깔깔 넘어갔다. 엄마 바지 엉덩이 찢어진 거로 며칠 내내 재미있어했다. 낚시 생각하면 그 생각만 난단다.

손바닥만 한 녀석들을 잡았다가 돌아올 때는 모두 다시 바다로 방생하곤 했다. 방송에서 보던 크고 먹을 만한 크기의 물고기를 잡은 적이 단 한 번도 없었다.

하린이 낚싯대의 미끼를 꽃게가 물었을 때 "엄마~ 꽃게~~~~ 꽃게" 하면 우리가 달려가 꽃게를 물고기 통에 넣어주곤 했는데, 한번은 아내가 꽃게에 물리기도 했다. 조그만 녀석인데 엄청 단단히 물고 있어서 검게 멍이 들었다.

강정포구 근처에서 우연히 낚시를 하게 된 포인트가 있었는데, 알고 보니 노을 명소였다. 물이 들어오기 시작할 무렵부터 해안가 도로에 차들이 한 대, 두 대 자리를 잡고 있어서 왜 그럴까 궁금했는데, 정말 노을이 아름다웠다. 내비게이션에 강정포구 해안도로를 치면 찾아올 수 있다.

이곳을 잘 아는 현지인 같은 분들은 아예 노을 시간에 맞춰 캠핑 의자와 장비를 준비하고 노을이 시작될 때부터 치맥을 즐기기도 했다. 우린 늘 그 시간에 맞춰 낚시를 마치고 휴식을 하며 앉아서 노을을 보곤 했다.

구름이 적당히 퍼져있을 때의 노을은 정말이지 감탄이 저절로 나오게 된다. 빨간 해와 구름이 만들어내는 하늘의 색깔들과 현무암 바위 사이로 드러난 바다에 반사된 붉은 스펙트럼은 아름다움과 경이로움이었다.

이곳은 사진작가들도 인생 사진을 찍으러 온다고 한다. 스마트폰의 카메라가 좋아져도 그대로 못 담아낼 정도로 정말 붉게 타는 노을이다. 우리는 가끔 이곳에 낚시보다 노을을 보러오기도 했다.

아름다운 제주의 노을이 살고 있는 곳.

이 강정포구에서 느낀 행복의 색깔은 '붉은색'이다.

강정포구의 노을

20.

김영갑 갤러리의 나무들

✴

　거울에 온 한 달 살기에서 김영갑 갤러리를 찾았다. 지난여름에는 아이와 바다로 숲으로 다니는 것에 온정신이 팔려있었다. 겨울의 제주는 바람이 워낙 강하고, 변덕스러운 추위에 야외보다는 실내의 새로운 곳을 찾게 되었다. 지인의 소개로 얘기로만 듣던 김영갑 갤러리에 왔다. 사실 워낙 유명한 곳인데 내가 잘 몰랐던 것이다. 정말이지 최근 가장 마음을 울려주었던 곳이 아닐까 생각이 들 정도였다.

　폐교였던 갤러리 입구의 정원도, 혼을 담은 제주의 풍경이 박혀있는 작품들도, 운동장의 하얀 의자와 그 뒤로 서있는 네 그루의 말 없는 고목들도 모두 시간이 멈춘 것 같은 풍경이었다. 어느 사진작가의 순수하고 진정한 예술혼이 여기 공간에 남아 풍경들을 쓰다듬고 있는 듯 느껴졌다.

갤러리 입구 안내문에는 "폐교였던 삼달분교를 개조하여 만든 김영갑 갤러리 두모악은 2002년 여름에 문을 열었습니다. 한라산의 옛 이름이기도 한 '두모악'에는 20여 년간 제주도만을 사진에 담아온 김영갑 선생의 작품이 전시되어 있습니다. 불치병으로 더 이상 사진 작업을 할 수 없었던 김영갑 선생이 생명과 맞바꾸며 일구신 두모악에는 평생 사진만을 생각하며 치열하게 살다간 한 예술가의 숭고한 예술혼과 가슴 시리도록 아름다운 제주의 비경이 살아 숨 쉬고 있습니다." 이렇게 적혀 있다.

루게릭병으로 거동이 불편한 상태로 손수 돌을 옮기며 만든 갤러리 정원에는 이름 모를 제주의 자생식물과 조각가 지인이 기증한 작품도 있다. 미로 같은 공간도 있어서 하린이는 뭐가 신이 났는지 정신없이 뛰어다녔다.

제주의 돌과 바람, 사람을 주제로 만들어진 이 정원의 큰 고목 밑에 작가의 수목장이 있다고 들었다. 우리가 도착했을 때 갤러리는 아주 조용한 편이었고, 천천히 작품을 볼 수 있었다.

전시 공간의 작은 방에서는 작가의 생전 모습과 작업에 대한 다큐멘터리를 상영하고 있었는데, 마음이 먹먹했다. 작가가 늘

서로 바라보다 © 강석태

촬영하던 긴 화면의 파노라마(6×17)사진 작품 속 제주의 풍경들은 신비로웠고, 평온한 바람이 사진 안에서 불어오는 것처럼 느껴졌다. 제주의 오름과 중산간의 풍경이 이렇게 아름답구나. 또한 번 생각했다.

아주 주관적인 느낌이었지만 시간이 멈춰진 듯 그려진 찰나의 풍경 속에는 왠지 모를 외로움이 있었고, 그 안에서 정지된 바람이 어디론가 떠나고 싶어 하는 것 같았다. 작품 안에는 어떤 어려운 담론 없이, 어느새 그 풍경 안으로 보는 이를 데려가고 있는 그런 직관적인 감정이었다.

김영갑 작가는 1982년부터 제주를 오며가며 사진 작업을 하다가 제주도의 자연에 운명적으로 매혹되어 1985년 섬에 정착하였고, 그로부터 20여 년간 제주의 거의 모든 자연을 파노라마사진에 담았다. 한 예술가의 영혼과 열정을 모두 바쳐 '섬의 외로움과 평화'를 사진에 담아낸 것이다. 어느 날 찾아온 루게릭병으로 인해 카메라를 들지도 못하는 상황에 이르렀다. 그러나 작가는 점점 퇴화되어 가는 근육을 움직이려 손수 폐교된 초등학교를 개조해 2002년 '김영갑 갤러리 두모악'을 열었다.[4]

---

4) 김영갑 〈그 섬에 내가 있었네, 2004, Human & Book〉

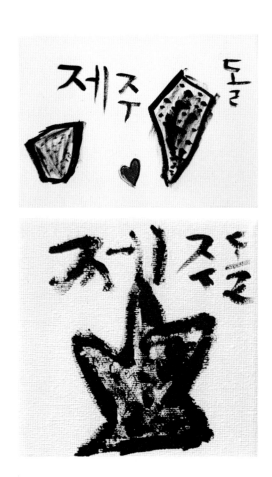

제주 돌 © 강하린

무거운 돌 하나, 하나를 어떻게 옮겼을까? 손수 꾸민 정원을 보면 또 놀랍다. 갤러리를 나와 뒷마당과 주변을 둘러봤다. 파란 의자와 나무 데크도 참 고즈넉하다. 풍경에 알맞게 녹아든 느낌이다.

건물 옆 운동장에는 아이들이 뛸 수 있는 잔디가 있고, 저 멀리에는 하얀 등받이 없는 긴 의자가 있다. 그 의자 뒤로 나란히 네 그루의 고목이 서있는데, 내겐 너무 평온한 풍경이었다. 마치 한 그루인 듯 네 그루의 나무가 친구처럼 서있다.

하얀 의자 앞에서 하린이의 사진을 찍었다. 옆으로 길게 찍었다. 나무가 말을 하는 것 같았다. 분명히 컬러사진인데, 그 풍경은 시간이 멈춰지는 듯 흑백사진처럼 보였다. 마치 예전에 왔던 곳처럼 안온하고 따뜻한 기분이 느껴졌다.

그렇게 우리는 한 예술가의 따뜻한 영혼이 어루만지는 평온한 풍경 속에 다녀왔다. 이곳에서 느낀 평온은 '밝은 회색'이다.

Chapter 6.
그림이 되는 풍경

별을 품다 ©강석태

아마 20년 전쯤이었을까? 어른들이 자꾸만 '모자'라고 말하는 '코끼리를 삼킨 보아

구렁이' 그림을 보면서, 이것저것 다른 것도 삼킨 보아 구렁이를 그려보려 생각한 적

이 있었다.

그림 안에서의 보아 구렁이는 자동차도 삼키고, 우주선도 삼키고…. 뭐든 다 먹어버

릴 수 있을 것만 같았다. 그때 별을 삼킨 보아 구렁이를 처음 그려보았다. 지금은 그

그림이 어디에 있는지 도무지 생각이 나지 않는다.

그 재미있는 상상을 하던 기억을 떠올리며 보아 구렁이를 다시 그려보았다. 삼킨 별이 뾰족해서 배 속이 아프진 않을까? 아냐. 별은 몰랑몰랑할지도 몰라…. 별을 품고 있는 느낌은 어떨까? 무엇이든 상상하고, 이루어질 것만 같았던 어린 날의 내가 살고 있는 그때. 이 한 장의 그림으로 그곳의 나를 만나러 간다.

라디오에서 무심코 듣던 추억의 노래에서, 코끝을 스치는 낯익은 향수 냄새 한 줌이 때로는 우리를 과거로 여행시키는 타임머신이 되기도 한다.

나의 어린 왕자 그림은 기억과 추억을 이어주는 어떤 것이길 희망한다. 작고 소중한 감성들이 소환되어 좀 더 따뜻한 세상으로, 모두 행복해지면 참 좋겠다.

어린 왕자를 읽고 있는 마음속의 행복한 아이를 소환한다. 그 감성을 간직한 기억을 불러낸다. 생텍쥐페리의 얘기처럼 지금은 모두 어른이 되었지만, 우리는 언젠가 한 번은 어린아이였다. 누구나 마음속에 하나씩의 어린 왕자가 살고 있다. 그 소중하고, 따뜻한 감성은 풍경이 되고, 또 그림이 된다.

나는 오늘도 그림으로 내 마음속의 어린 왕자를 만난다.

그 시간은 한 조각의 감성과 만나 곧 행복한 생각으로 번진다.

그런 감성의 조각들이 모여 조금 더 행복한 세상이 될 수 있지 않을까?

'어린 왕자'를 읽고 있을 내 안의 작은 아이에게 말을 걸어본다.

"넌 잘 지내고 있니?"

행복한 제주 돌 © 강하린

21.

서우봉과 함덕 해변, 우리가 사랑한 바다들

제주에는 예쁜 바다가 수도 없이 많겠지만, 우리가 사랑한 바다는 특히 함덕 해변 근처의 작고 맑은 물이 있는 바다이다.

작업실에서 함덕 해변은 차로 15분 정도 지척에 있어서 그림을 그리다가 너무 더울 때는 언제든 바다로 나설 수 있었다. 함덕해수욕장은 주차도 무료이고, 샤워 시설 외엔 따로 이용료가 없다. 비치파라솔을 이용하려면 사용료가 있긴 한데, 모래사장에서 충분히 자리를 잡을 수 있다.

그해 샤워실이 온수 없이 냉수만 나온다는 조금 불편한 점은 있었다. 온수 시설이 없었다. 함덕해수욕장은 대부분의 제주의 바다처럼 에메랄드빛 바다이고, 아주 일정하지 않았지만 오후 2

시 전후로 물이 빠지면 상당히 먼 바다까지 물이 빠져서 바다 중간에 큰 모래섬이 나타난다.

바다 가운데 생긴 모래사장은 꼬마 아이들이 놀기에 참 좋았다. 바다 안전선 쪽과 모래사장 주변에는 마을에서 나온 안전요원들이 인근 해수욕장보다 훨씬 많이 배치되어 있어 안심이 되었다.

함덕해수욕장의 우측 편에는 서우봉이 있다. 올레 19코스의 일부기도 한 이곳은 조금만 올라가도 예쁜 바다 풍경을 한눈에 담을 수 있고, 유채꽃이 경사면에 많이 피어있어 예쁜 사진을 담을 수 있다. 저녁에는 노을이 잘 보여 일몰 촬영지로도 많이 찾는다.

둘레길을 따라가면 낙조전망대, 진지동굴과 봉수대로 이어진다. 해안 산책길을 따라 걷다 보면 하늘과 바다가 겹쳐져 너무 아름답게 보인다. 겨울에는 전문적으로 보이는 사람들이 패러글라이딩도 많이 타고 있었다.

함덕 해변 근처에는 좋은 곳들이 많다. 서우봉 아래 공용 화장실 근처에는 캠핑족들이 차박을 많이 하고 있고, 거기서부터 해안 길을 따라 쭉 돌다 보면 함덕해수욕장의 메인 장소(파라솔 대여소)에 사람들이 가장 많고 그 왼편으로 좀 더 한적한 해수욕장이 또 나온다.

조함해안로를 따라 도로 벽화를 더 지나면 해안로 칼국숫집이 나온다. 그 앞으로 그냥 스치듯 작은 바위 해안이 있는데, 여기는 모래가 없고 현무암으로 해변이 만들어져있다. 계단식으로 내려가서 바다로 들어가는 곳인데, 우리 가족은 여기를 '맑은 물의 해변'이라 부르곤 했다. 물이 얼마나 맑은지 바닥의 조개, 작은 물고기가 물 바깥에서도 보일 정도였다.

현지인 몇 분이 파라솔을 치고 물놀이하고 있어서 내려가봤더니 너무 좋았고, 그 뒤로 우린 그곳 해변만 다녔다. 특히 오전 8시경에 가면 물이 완전히 빠져서 정말 한참을 들어가도 무릎 아래의 깊이 정도이다.

중간에 모래섬이 나타나는데, 모래사장에 한 움큼 젖은 모래를 파면 작은 물고기들이 나왔다 들어갔다 한다. 고운 모래 속으로 손을 넣어 잘 찾으면 바지락 같은 조개를 쉽게 잡는다. 하린이랑 금세 한 바가지 정도를 잡곤 했다. 실내 수영장보다 더 맑고 투명한 바다였다.

처음에는 그 위로 자주 지나다니다 사람들이 물놀이하는 걸 보고 '왜 저기 조그만 곳에서 놀지?' 했는데, 한 번 오고는 늘 이곳에서만 물놀이를 하게 되었다. 여기는 들어갈 때 계단식이고,

바닥이 모래가 아니라 현무암 바위라 조심해야 하고, 바다 안에는 안전요원들이 한 명도 없다.

함덕에서 차로 조금 가면 김녕해수욕장이 나오는데, 이곳은 아이들과 고동이나 소라게를 찾으며 놀기에 참 좋은 곳이다. 해수욕장 중심을 벗어나 우측으로 가면 작은 물고기나 소라게가 많이 있고, 바닷물이 얕아서 아이와 바다 생물들을 체험하기가 좋았다.

하린이가 어리다 보니 모래사장이 넓고, 물이 얕은 곳 위주로 물놀이를 하게 된다. 그렇게 찾은 곳이 표선해수욕장이다. 표선은 오후에 물이 빠지면 드러나는 모래 해변이 엄청난 규모를 자랑한다. 미처 빠져나가지 못한 작은 물고기들이 모래사장에 갇히기도 했다.

이 넓은 모래사장은 모래갯벌 같기도 했는데, 온갖 조개와 새우가 있었다. 바닷물이 얕아서 하린이보다 더 어린아이들이 많이 놀고 있었다. 표선해수욕장도 주차장이 잘 되어 있고 무료이다. 주차장 바로 인근에는 편의시설이 없어 약간 이동해야 한다. 근처에는 아이와 함께 간단히 식사하기 좋은 돈가스집도 있어서 자주 갔다.

조금 더 가면 세화 해변이 나오는데, 여기는 물은 얕지만, 파도가 센 편이라 서핑 강습도 많이 하고 있었다. 튜브 같은 걸 타면 의외로 재밌게 아이와 즐길 수 있다. 튜브를 타다가 투명한 바닥에 있는 개불을 보고는 기겁했던 아이의 모습이 아직도 생각난다.

바다에서 노는 걸 좋아하는 하린이를 위해 어떤 날은 아침부터 두세 곳의 바다를 쉴 새 없이 다녔다. 차 안의 시트를 김장 비닐로 다 덮어두고 물을 뚝뚝 흘리며 차에 타서는 바다에서 바다로 이동하곤 했다. 아마도 평생 바닷가 갔던 횟수보다 이 여름에 갔던 바다가 더 많을지 모르겠다.

표선해수욕장 넓은 모래사장에 하린이가 "엄마 아빠 사랑해요"라고 크게 글씨를 썼는데, 글씨가 너무 예뻐서 그대로 모래를 푹 떠서 집에 가져오고 싶었다.

그 여름, 우리가 사랑한 제주 바다들이다.

함덕 해변과 서우봉 © 이은경

22.

조천읍의 맛있는 인심

'상춘재'는 조천읍에서 맛집을 검색하면 나오는 곳 중에 대표적인 식당이다. 청와대 안에 있는 상춘재와 같은 이름이라 궁금했는데, 사장님이 그곳의 주방장이었다고 한다. 그분의 아드님이 식당의 매니저를 맡고 있고, 식사하기 위해서는 항상 1시간 정도 웨이팅이 기본인 곳이다.

오전 10시에 오픈인데 숙소와 가까워 9시 반쯤 가서 대기 명단에 이름을 올리면 10시에 바로 식사를 할 수 있었다. 메뉴는 주로 비빔밥, 돌솥, 고등어구이가 있는데, 개인적인 생각으로 이 식당의 대표 메뉴는 돌문어 비빔밥과 고등어구이인 것 같다. 싱싱한 재료와 알찬 해산물로 가득해서 먹다 보면 '아. 줄을 서서 먹는 이유가 있구나!' 조금 이해가 된다.

국과 간장게장, 정갈한 기본 반찬들도 모두 괜찮다. 늘 웨이팅을 해야 하는 불편이 있어 자주 가진 않았지만, 제주에 올 때마다 몇 번을 갔더니 매니저분이 바쁜 와중에도 우리 가족을 알아보고는 반가워했다.

지난여름 우리 가족을 보러 작은누나와 매형이 제주에 왔다. 이 집에 음식을 대접하고 싶어서 아침 일찍 갔다. 여러 가지 음식을 시켜 맛있게 먹었다. 누나도 매형도 맛있다고 좋아라 했다. 계산을 하러 갔는데, 매니저가 조용히 인사를 하며 말한다. "돌문어 비빔밥 하나는 서비스예요." 웨이팅으로 줄도 많이 서있고 정신없는 상황에서 보여주는 친절과 센스가 참 고마웠다.

음식에서 바다 향이 난다. 상춘재 입구에는 그해 가을쯤 제주 시내로 이전한다는 안내가 적혀있었다. 바로 옆에 작고 예쁜 초등학교 분교가 있어 기다리는 동안 산책하고 좋았는데, 시내로 간다고 하니 조금 아쉬웠다.

조천읍 근처에는 아주 오랫동안 운영해온 닭요리 집이 있는데 마당도 넓고 비슷한 식당 몇 집이 모여있다. 닭백숙, 샤브샤브, 닭볶음탕이 유명한 식당이다. 그중 '도리골 토종닭'이라는 식당은 차 작가님과도 가봤고, 레지던시 분들과도 몇 번 갔었다. 겨울에 갔을 때 할머니 사장님이 하린이에게 인사 잘한다고 하시면서 귤을 한가득 챙겨주셨다.

누나와 매형이랑 이 집도 갔었다. 닭 샤브샤브를 주문하면 구수한 국물에 가슴살 샤브샤브와 백숙, 녹두죽 순으로 나오는데 어른 네 명이 먹고 남을 정도로 양이 충분하다. 특히 기본 반찬으로 나오는 닭똥집 볶음이 참 맛있어서 술을 즐기시는 매형은 아주 마음에 들어 했다.

식사를 마치고 나오는데 할머니 사장님이 또 하린이를 데려가셔서 귤 한 봉지를 챙겨주신다. 여름이라 양이 많지 않은데 맛보라시며 건네주셨다. 음식의 맛처럼 인심도 참 넉넉했다. 어른들을 모시고 가거나 아이들과 함께 식사하기에 안성맞춤이다.

조천읍 스위스 마을을 들어오는 입구에는 편의점이 하나 있다. 세븐일레븐인데 가게와 붙어있는 편안한 휴게 공간에서 식사를 할 수도 있다. 여기는 우리 가족이 가장 자주 들렀던 가게이다. 아침 산책을 할 때마다 우유를 사기도 하고, 생수와 막걸리를 자주 사러 갔다.

편의점에는 여사장님과 여자 직원, 남자 직원이 교대로 근무

했다. 세 분 다 친절했지만, 특히 남자 직원분이 우리 가족에게 참 친절하게 대해주었는데, 연예인같이 키도 크고 미남이어서 우리는 잘생긴 오빠라 불렀다. 나중에 알았지만 잘생긴 오빠는 이 집 아들이었다. 한 달 살기를 갈 때마다 알아보고는 늘 반갑게 맞아주었다.

어느 날 편의점에서 아침을 해결하고 일찍 나서는 일정이 있어 삼각김밥을 사러 들렀는데, 김밥이 없어 다른 것들로 요기를 하고 있었다. 남자 직원이 슬그머니 와서 군고구마 세 개를 건네고 간다. 늘 말수가 적어 대화는 많이 못 했지만 그렇게 말없이도 친절함이 고스란히 전해졌다.

세 번째 한 달 살기를 갔을 때 편의점에는 그 잘생긴 오빠가 보이지 않았다. 더 어리고 잘생긴 남자 아르바이트생이 있었다.

"여기는 연예인 닮은 사람이 왜 이렇게 많아요?"

몹쓸 농담에 부끄러워하는 순박한 제주 청년이었다.

제주에 올 때마다 우리를 반기는 편의점. 그 로고가 우리의 추억 속에 있다. 편의점의 형태를 한 따뜻한 동네 구멍가게 같았다.

제주 풍경 © 강하린

23

쫀득쫀득 제주 구름과 산방산의 코끼리

제주도의 구름은 서울이나 파주에서 보던 구름과는 차이가 있는데, 구름의 모양이나 크기도 다르지만 가장 큰 차이는 질감인 것 같다. 뭐라 할까? 쫀득쫀득하다고 하는 게 맞을까? 구름을 손가락으로 튕기면 '통' 하고 날아갈 것 같다. 대기 중에 수증기 량이 많아서 그런 느낌이 있다고는 하던데, 유럽에 처음 갔을 때 참 예쁘다고 느꼈던 그런 구름의 질감과 어딘가 닮았다.

그 쫀득쫀득한 구름에 노을빛이 닿으면 마치 하얀 빵 반죽에 여러 가지 색깔을 칠한 것 같았다. 그런 구름으로 인해 제주의 풍경은 동화적으로 다가온다.

구름의 밀도가 좋다 보니 만들어내는 형상이 매우 다양하고 재미있다. 동물 모양 같기도 하고, 사람 얼굴 같기도 한데, 보는 사람의 생각에 따라 다르게 보인다.

어떤 상상으로 보느냐에 따라 대상이 여러 가지 모양으로 보일 수 있다. 특히나 구름이 만들어내는 형상들은 상상력을 자극한다. 자동차로 이동할 때 하린이랑 뒷자리에 같이 앉아서 구름 모양 맞추기를 많이 했다.

아이가 태어날 무렵에 나는 하늘과 구름을 많이 그렸었는데, 보는 사람의 생각과 시선에 따라 자유롭게 해석되는 구름의 성품이 좋았다. 그래서 그때 그린 구름을 '긍정적인 구름'이라고 이름을 붙였었다. 정답을 강요하지 않고, 모양을 자유로이 해석하게끔 해주는 친절한 구름이 좋았다. 그 구름으로 어린 왕자, 여우, 장미, 어린양 같은 형상들을 자주 그리곤 했다.

우리는 차를 타고 구름을 따라 이동했다.

송악산에 도착했다.

송악산은 서귀포시 대정읍에 있는 산으로, 여러 개의 크고 작은 봉우리로 되어있는 기생화산체이다. 해발 104m 주봉에는 분화구도 있는데, 지금은 오름 보호를 위해 자연휴식년제 기간 (2027년 7월 31일까지)이어서 정상은 볼 수가 없다.

우리는 송악산 둘레길을 걸었다. 둘레길의 거리는 약 3km 정도에 대략 1시간 30분에서 2시간 정도 걸리는데, 풍경을 구경하다 보면 더 걸릴 수도 있다. 송악산 둘레길은 풍경이 참 아름답다. 바다 전망이 좋은 올레 10코스의 일부이기도 해서 여기는 걷는 사람들이 꽤 많았다.

날씨가 좋으면 산책길에서 멀리 형제섬과 한라산, 산방산까지 시원하게 바라볼 수도 있다. 산책로도 잘 구성되어 걷기에 좋고, 가다 보면 1943~1945년쯤 만들어진 동굴 진지와 알뜨르비행장 일제 지하 벙커를 볼 수 있는 다크투어리즘(Dark Tourism)[5] 코스도 있어 제주의 아픈 역사를 느낄 수도 있다.

길을 걷다가 보니 예쁘고 순한 하얀 말을 만나 사진도 함께 찍었다.

억새밭을 지나고 멀리 산방산을 보았는데, 내 눈에 들어온 산방산은 억새밭과 어우러져 마치 어린 왕자 이야기에 나오는 코끼리를 삼킨 보아 구렁이의 모자 모양 그림 같았다.

파란 하늘, 동글동글한 구름이 있고 그 옆에는 모자를 닮은

---

5) 전쟁, 학살 등 비극적 역사의 현장이나 엄청난 재난과 재해가 일어났던 곳을 돌아보며 교훈을 얻기 위하여 떠나는 여행을 일컫는 말이다. 올레길 평화-바람 구간 안내문 참조.

산이 한 폭의 풍경으로 다가왔다. 너무 예쁘고 행복한 동화 그림처럼 느껴졌다. 그 풍경이 행복한 제주 생활과 잘 어울린다고 생각해서 다음 날 곧장 그려봤는데, 전시 때 작품을 보신 많은 분이 산방산 같다고 해서 너무 재미있었다.

'혹시 저 산 안에도 코끼리가 살고 있을까?'

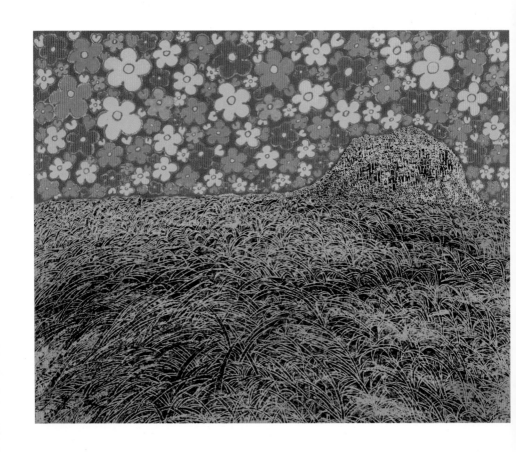

행복한 제주일기 © 강석태

24.
감귤 카페와 에코랜드 기차 여행

제주시 조천읍에 가면 감귤을 담는 박스 콘테나 모양을 한 카페가 있다. 함덕 시내에 나갔다가 작업실로 들어오다 보면 늘 지나는 곳인데, 검색해보니 나름 SNS에서는 유명한 곳이다. 진한 주황색 귤 상자 모양의 건물이 눈에 정말 잘 띈다.

제주에는 감귤 따기 체험을 하는 카페가 워낙 많긴 한데, 여기가 가장 가까운 곳이어서 겨울에 왔을 때 들렀다. 자주 문을 닫아 세 번째 방문했을 때 들어갔다. 쉬는 날이 일정치 않아 휴일은 SNS를 확인하라고 적혀있었다.

커피나 음료를 주문하거나, 귤 따기 체험을 할 수 있는 메뉴가 있었다. 재미있는 건 2층 출입문에서 주문하고 1층 카페로 내려오면 2층에서 도르래로 음료를 내려준다. 귤 농장도 1층을 통해 갈 수 있었다.

하린이에게 대표로 귤 따는 임무를 주었다. 전지가위와 귤을 담을 수 있는 비닐 주머니를 받아 귤밭으로 향했다. 비닐 주머니 한가득 딸 수 있었고, 시식은 무료였다.

아기자기한 카페와 달리 감귤 농장은 넓어서 여기저기 포토존이 잘 되어있었다. 여기서 하린이는 인생 사진도 건졌다. 나도 아내도 귤을 처음 따보는 거라 서툴지만 재미있었다.

무엇보다 가지에서 금방 따낸 귤 맛이 와! 정말 맛있었다. 달고 상큼하고, 시원했다. 겨울의 귤나무에서 느끼는 최고의 맛이었다. 아마도 시식을 너무 많이 한 거 같아서 주인한테 미안하기도 했다.

겨울에 가면 또 체험해야지 생각했다.

또 조천읍에는 아이와 함께 가볼 만한 기차 여행 테마파크가 있는데 에코랜드이다. 30만 평의 넓은 곶자왈 원시림을 작은 기차를 타고 체험하는 생태체험공원이고, 아는 사람은 다 아는 워낙 유명한 곳이기도 하다.

입장하면서 메인 역에서 기차를 타고 에코브리지 역, 레이크

제주도의 추억 © 강하린

사이드 역, 피크닉 가든 역, 라벤더, 그린티&로즈가든 역으로 여행을 한다. 해당 역에 도착해서 자연 속 산책을 하고 다음 역으로 기차를 타고 이동하는 동선이다. 기차의 운행 간격은 15분 정도이고, 기차는 작지만, 창문의 개방감이 좋아 좌우의 자연경관을 느끼기 좋다.

첫 번째 역인 에코브리지에서 다음 역까지 걷다 보면 수상 데크가 있어서 호수의 풍경을 보기에 좋다. 2만 평 규모의 호수와 숲이 어우러진 풍경이 예뻤다.

돈키호테와 풍차 같은 이국적인 풍경과 동백숲에는 예쁜 포토 존이 있다. 다음 역인 피크닉 가든 역에는 나무로 만든 자연 놀이터가 있어서 어린아이들이 머물기 좋았다.

마지막 역인 라벤더, 그린티&로즈가든 역에는 다양한 체험 코너가 있었다. 사계절 노천 족욕탕이 있고, 그 위쪽 다리를 넘어가면 허브와 다양한 꽃밭이 펼쳐진다.

중간에 곶자왈 구간을 지날 때는 우거진 숲에 나뭇가지가 열차에 직접 닿기도 하고, 꽤 깊은 숲을 기차 안에서 편안히 체험해볼 수 있어서 좋다. 사계절 다 좋을 것 같은데, 우리는 숲이 울창할 때가 더 좋았던 것 같다. 최근에는 숙박 시설까지 생겼다.

천천히 3시간 정도 아이와 함께 기차 여행을 하며, 제주의 원시림을 볼 수 있어서 기억에 남아있는 동네 명소였다. 기차가 다소 낡은 느낌은 있지만 나름대로의 감성이 묻어있어 괜찮았다.

이 두 곳은 우리가 머물던 동네 조천읍의 아이와 함께 가면 추억이 쌓이는 장소이다. 이 추억은 기억 속 풍경이 되고, 우리가 그린 그림이 되었다.

Happy Teatime ⓒ 강석태

항상 네 곁에 있을게 © 강석태

Chapter 7.
5억 개의 방울들

그날 이후, 밤마다 나는 별을 듣는다. 마치 작은 방울 오억 개가 한꺼번에 울리는 듯

하다….[6]

어린 왕자를 떠나보낸 비행사는 여전히 궁금했다.

'어린 왕자가 사는 행성에 무슨 일이 일어났을까…? 혹시 양이 장미를 먹어버렸는지

도 몰라.' 어느 때는 이런 생각을 한다.

'어린 왕자는 매일 장미를 유리 덮개로 덮어주고, 양을 잘 감시할 거야.'

이런 걱정은 오억 개의 별들이 달콤한 웃음소리가 되기도 하고, 때로는 오억 개의 별

들이 한순간에 눈물방울이 되기도 한다. 어린 왕자를 사랑하는 누군가에게는 한 번

도 본 적 없는 양 한 마리가, 한 번도 본 적 없는 꽃 한 송이를 먹었느냐 안 먹었느냐

에 따라 자신을 둘러싼 우주가 달라진다.

사랑하는 사람들, 고마운 사람들에 대한 기억과 그리움은 나를 변화시킨다.

어른이 될수록 우리는 더 변화에 소홀해진다. 별이 가진 빛을 바라보지 않고 소유만

하려는 왕처럼 계산하기에 바빠 중요한 문제를 잊어버리기도 한다.

여행에서 만나는 소중한 사람들. 실낱과 같은 인연으로 내 앞에 왔을 것이다.

잠시 헤어지고 자꾸만 생각나는 고마운 사람들이 있다.

이 바다가 있는 지구별에서 우리는 소중한 사람들을 만났다.

사랑하는 사람에 대한 그리움은 오억 개의 물방울이 되어 밤하늘에 반짝인다.

6) 초판본 어린 왕자, 도서출판 소와다리 2019, 91쪽

제주의 예쁜 동백 © 이은경

25.

차 작가님과 동네 개 태양이

첫 번째 한 달 살기 여름이었다. 레지던시에 대구에서 어떤 작가님이 오신다는 얘기를 들었다. 오후에 승용차에서 꼬불꼬불한 머리를 한 마른 체형의 중년 남자가 짐을 내리고 있었는데, 짐을 보니 이분인가 보다 싶었다. 우리 가족은 인사를 나누었다.

차규선 작가님과의 첫 만남이었다.

그날은 무척 더운 여름 오후였다. 이주희 대표가 외부에 있어 우리 가족이 이것저것 간단한 안내를 해드렸다. 403호 우리 작업실 오른쪽 옆 407호 작업실로 오셨다. 차 작가님은 얼마 뒤 시내 마트에 가서 사 온 생필품들을 정리하다가 하린이를 부르시더니 감귤 맛 초콜릿 한 통을 무심히 건넨다.

하린이가 차 작가님께 받은 첫 번째 선물이었다.

그렇게 며칠이 지나면서 자연스럽게 하린이는 작가님 작업실에 놀러 가서 작업도 구경하고, 얘기도 나누는 걸 좋아했다. 작가님은 매일 새벽엔 1~2시간씩 동네 산책을 하고, 아침 일찍부터 작업을 하는 아침형 사람인 것 같았고, 자연스레 오전에 자주 마주치게 되었다.

아침마다 저 멀리서 "하~린아~~" 정겹게 손을 흔들며 부르시는 모습이 참 좋았다. 하린이는 차 작가님과 이런저런 얘기 나누는 게 무척 좋았던 것 같다.

우리는 3주 정도 제주도에 머물며 작업한 그림들을 가지고 가족 전시를 했다. 첫 번째 가족 전시이다. 디스플레이를 한창 하고 있을 때 차 작가님이 전시장에 와서 하린이에게 그림 한 점에 얼마냐고 물었다.

하린이는 "안 팔 건데요" 대답했고, 당돌한 꼬마 작가의 말에 웃으시며 밤에 올 때까지 알려달라며 외부로 나가셨다. 전시 디스플레이가 오래 걸려 밤 10시가 다 돼서야 마무리가 되었다. 때마침 작가님이 어디서 술 한잔을 하고 들어오셨다. 전시장에 걸려있는 하린이 그림 두 점을 사고 싶다고 하셨고, 점퍼 안주머니에서 미리 준비해온 빨간색 봉투를 슬그머니 건네주신다.

"하린아. 니는 호당 5만 원이다~ 인자 그 밑으로 팔면 안된데 이~"

취기에 얼굴이 볼그레하여 씩 웃으시며 차 작가님이 말했다.

하린이가 차 작가님께 받은 두 번째 선물이었다.

작업을 천착으로 살아온 중년의 작가가 화가의 꿈을 가진 꼬맹이에게 보내주는 응원이었을 것이다. 따뜻한 속정(情)을 가진 경상도 사나이다.

우리 가족은 전시가 끝나고 한 달 살기를 마무리해야 해서, 차 작가님과는 그리 길게 지내지 못했다. 겨울방학이 시작되는 1월에 스위스 마을에서 다시 만나기로 하고, 작가님과도 잠시 이별을 했다. 우리가 떠나기 전날 하린이의 1호 캔버스에다가 본인의 작업을 하나 그려서 하린이에게 주셨다. 진남색 바탕에 꽃이 있는 작품이었다.

하린이가 차 작가님께 받은 세 번째 선물이었다.

겨울방학이 되고, 다시 스위스 마을에 갔다. 1월 초였다.

스위스 마을에 계시기로 약속했던 작가님이 엊그제 훌쩍 대구로 떠났단다. 우리는 407호로 작업실을 배정받았다. 바닥에 깔린 광목천, 물감 자국, 배송비가 본체보다 더 비싸다고 뭐라

하시던 미니 냉장고도 남겨두고 가셨다. 벽에 걸려있는 비쩍 마른 밀감이 담긴 노란 봉투를 치워보니 벽에 써놓은 편지가 하나 있다.

"하린아? 인생이 파란만장하지 않으면 그거는 인생이 아이다. 파란만장하게 살아라."

하린이는 무척 서운해했다. 가셨구나….

스위스 마을 근처 동네에는 '태양이'라는 진돗개가 산다. 아직 한 살이 안 된 강아지였다.

작가님이 무척 좋아하던 남의 집 개다. 작가님은 매일 새벽 산책길에 태양이를 만나곤 했는데, 개가 사람처럼 말도 알아듣는다고 평소에 얘기하셨다.

우리는 태양이를 보러 갔다. 애꿎은 태양이한테 사투리로 물었다. "차 작가님 말도 없이 어디 가셨노? 빨리 말해라~" 태양이는 모른다고 했다.

우리는 간식을 챙겨가서 가끔 태양이와 놀았다. 갈 때마다 하린이를 알아보고, 꼬리를 흔들며 반겨주었다. 집에 올 때쯤에는 제법 덩치가 커졌다.

407호에서 그림을 그리던 어느 날 대구에서 택배 하나가 왔다. 보내는 사람_차규선, 받는 사람_강하린. 상자 안에는 시집과 물감이 한가득 들어있었다. 손 편지도 있었다.

"하린아! 물감 걱정하지 말고 꽉꽉 짜서 써~ 차 선생님이."

하린이가 차 작가님께 받은 네 번째 선물이었다.

손 편지에 묻어난 중년 작가의 따뜻한 감성과 고마운 마음에 한참을 울컥했다.

그 물감으로 하린이는 그 겨울, 그림을 많이 그렸다. 그리고 집으로 올라왔다.

그해 봄 우리는 서울 전시에서 차 작가님이 제주에서 그리던 작품을 전시장에서 만났고, 대구에 가서 차 작가님 작업실에도 방문했다. 이번에는 하린이도 작은 선물을 하나 준비해서 갔다. 본인이 색연필로 작가님 얼굴을 그려서 액자를 끼워 가져갔다.

여름에 스위스 마을에서 두 번째 가족 전시가 있음을 전해드렸고, 전시를 보러 오시겠다고 했다. 작업실에 있던 오래된 손때 묻은 귀한 나무 이젤을 하린이에게 주셨다. 이젤에는 '이쁜 하린이에게'라고 적혀 있었다.

하린이가 차 작가님께 받은 다섯 번째 선물이었다. '이쁜'이 아닌, '이뿐' 하린이라는 표현이 더욱 정겹게 다가왔다.

그해 여름 제주도에서 열린 우리 전시에 새벽같이 오셨다. 이번엔 약속을 정말 지켰다. 하린이의 전시를 진심으로 축하해 주셨고, 하린이도 너무 기뻐했다.

하린이가 차 작가님께 받은 여섯 번째 선물이었다.

제주에서 만난 고마운 분들, 그중에서 차 작가님을 만난 것이 참 신기하고 감사하다.

하린이는 그 나무 이젤에서 제주 바다를 그렸다.

작가님께 받은 많은 선물 중에서 가장 큰 선물은 '꿈을 향한 응원'의 순수한 마음이 아닐까. 때론 채색되지 않은 것들이 더욱 아름답다.

동네 개 태양이(위) © 강하린
벽에 쓴 차 작가님의 편지(오른쪽)

26.

따뜻한 함덕 닭해장국 사장님

숙소에서 10분 거리에 있는 함덕해수욕장을 갔다가 우연히 식당을 발견하고는 들어갔다. '닭해장국집'이었다.

3차선 길가에 있어 잘 보이기도 하지만, 그냥 지나칠 수도 있는 그런 위치에 있다. 제주에 있는 동안 우리는 관광지 음식들을 자주 사 먹지 않았다. 지역의 현지인 맛집 몇 군데를 검색해서 들리곤 한 것이 전부이다.

주차장 입구 나무 간판에 소박하게 매직으로 쓴 글씨로 '계란 후라이 서비스'라고 쓰여있고, 메뉴는 닭곰탕, 닭육개장, 닭몸국, 파닭무침 이렇게 네 가지가 전부였다. 우리는 얼큰한 육개장 하나와 닭곰탕 하나를 주문하고 기다렸다.

식사가 나오고 조금 후에 남자 사장님이 메뉴에는 없는 구운 김, 만두 같은 반찬을 슬그머니 우리 식탁으로 가져다주신다.

"이거 애기 주세요. 해장국이 매울까 봐 같이 드세요⋯."

"감사합니다." 이때가 함덕 사장님과의 첫 만남이었다.

관광지 음식과는 다르게 가격도 저렴하고, 맛도 참 좋았다. 무엇보다 마스크 너머로 따뜻하게 웃는 사장님의 친절한 마음씨가 너무 좋았다.

우리는 오며가며 식당에 자주 들렀고, 그때마다 많이 먹지도 못하는 소식(小食) 가족에게 뭘 그렇게 자꾸만 주셨다. 나중엔 남기는 게 미안해서 서비스로 주시는 음식이 살짝 겁이 났다.

한 달 살기가 1주일 정도 남았을 즈음, 우리는 가족 전시에 사장님 부부를 초대했다. 그러나 전시 때 오시지 않으셔서 식당 일이 바쁘시구나⋯ 생각했다.

전시가 끝나고 우리는 한 달 여정을 정리했고, 김포행 비행기를 기다리고 있을 때였다. "작가님, 지금 전시장에 왔는데⋯. 아무도 없네요." 사장님에게 전화가 왔다.

날짜를 착각하고 오늘 오신 것이다. "애기 줄려고 빵 사 왔는데⋯." 함덕 사장님은 사모님과 함께 오셨는데, 결국 그날 뵙지 못하고 헤어졌다.

돌아오는 겨울에 우리는 두 번째 제주 한달살이를 갔고, 함덕 사장님을 다시 만났다. 우리 가족을 따뜻하게 반겨주셨고, 우리는 그해 겨울 따뜻한 육개장과 닭곰탕을 또 자주 먹었다. 사장님 부부는 우리 작업실에 놀러 오시곤 했다. 그렇게 정이 쌓여갔다.

그다음 봄에 나는 종로에서 개인전을 했는데, 전시를 보러 함덕 사장님이 제주에서 일부러 올라오셨다. 너무 감사해서 그냥 보내드릴 수가 없었다. 우리는 종로의 어느 식당에서 막걸리 한잔을 하며 한참을 얘기하고 서로에 대해 더 많이 알아가는 즐거운 시간도 가졌다.

우리 가족이 육지로 올라가고 나서 식당은 현지인이 찾는 맛집이 되었다고 하셨는데, 정말 다음에 갔을 때 번호표 대기를 해야 할 정도여서 깜짝 놀랐다. 우리 가족 덕분이라고 겸손히 얘기해주셨다. 함덕 사장님은 참 배려심이 많은 분이셨다.

다음 여름에 우리는 세 번째 제주 한달살이를 갔고, 또 함덕 사장님을 만났다.

여전히 우리 가족을 따뜻하게 반겨주셨고, 이젠 제주에 있는 삼촌네에 온 것 같았다. 이번 여름 일정에서는 식당이 영업하지 않는 휴무일인 월요일마다 사모님과 함께 우리 작업실로 오셔서 제주도 현지인 투어를 해주셨다. 정말이지 하루 종일 운전하며 제주 곳곳의 숨겨진 풍경을 보여주시고, 맛있는 현지 음식도 사주셨다.

하루는 궁금해서 "왜 이렇게 잘해주세요?" 사장님한테 물었다. 처음 식당에 문을 열고 들어오는데, 우리 가족이 너무 예쁘게 보였단다. 그리고 하린이가 마스크를 벗더니 쫑알쫑알 얘기하는 모습이 그렇게 반짝반짝했다고 하셨다.

사장님에게는 20대 중반의 따님이 있었다. 따님이 하린이 나이 때 직장 생활로 너무 바쁘게 사셔서 그때의 시간과 기억이 오버랩 되었다고 했다. 가만히 듣고 계시던 사모님이 "이 사람 아무한테나 잘 안 해줘요" 웃으며 얘기해주셨다.

한달살이를 마치기 전날 우리 가족을 집에 초대해주셨다. 정성껏 만드신 요리와 맛있는 집밥에 감동을 주신다. 식사도 하고, 함께 동네를 산책하고 행복한 시간을 보냈다. 다음 날 식당에 들러 인사를 나누고 우리는 육지로 올라왔다.

요즈음도 전화로 소식을 나누고 있는데, 언제 오느냐고 자꾸 물어보신다.

제주를 생각하면 함덕 삼촌네 생각이 먼저 든다.

마치 친척 한 분이 제주에 있는 것 같다. 참 고마운 인연이다.

따뜻한 마음으로 먹던 해장국이 생각난다.

함덕 닭해장국집 풍경 © 강하린

27.
스위스 마을의 헬레네 집

　제주에는 고마운 분이 또 한 분 있다. 우리가 묵었던 숙소 사장님이다.

　스위스 마을에 있는 게스트하우스인 '헬레네 집'을 운영하시는데 몇 해 전 제주가 좋아 무작정 내려오셨단다. 헬레네 집은 1층엔 예쁜 앤틱 장식품들로 가득 차 있는 카페이고, 2층엔 두 개의 게스트하우스가 있고, 3층은 사장님 집이다.

　우리가 묵었던 곳은, 2층의 방 하나였다. 항상 깨끗하게 숙소를 관리하셔서 어떨 땐 모래를 묻힌 채 들어가기가 미안할 정도였다. 처음 숙소에 들어갔을 때 8살 여자아이의 취향에 맞춰서 식기, 이불, 베게, 쿠션 등을 준비해두신 걸 보고 그 배려가 감사

했다.

레지던시의 숙소가 거의 1인실이었기에 우리 가족을 위해 이주희 대표가 특별히 연결해준 숙소였다. 헬레네 집 사장님과는 그렇게 인연이 되었다.

헬레네 집 앞마당에는 파란색의 나무로 만든 배가 있고, 뒷마당은 예쁘게 수국 정원으로 꾸며놓으셨는데 상추와 고추, 방울토마토도 잘 열려있어서 우린 자주 따먹었다. 어느 날 사장님은 파랗고 동그란 수국을 몇 송이 따서 하린이에게 선물로 주셨다.

이렇게 세 번의 한 달 살기 모두를 헬레네 집에서 지냈다.

우리 가족이 하나의 불편함도 못 느끼도록 신경 써 주셨고, 특히 하린이를 예뻐하셨다. 매번 한 달 살기를 마치고 육지로 올 때면 하린이를 꼬옥 안아주시기도 하고, 아쉬움에 눈물을 보이기도 한다. 정이 참 많은 분이다.

헬레네 집 2층에는 방 두 개가 있는데, 하나는 침대가 커서 세 명이 함께 누워서 잘 수 있다. 하지만 그 방은 호텔에만 있는 미니 냉장고가 있어 식재료를 넣어두기가 너무 아쉬웠다. 다른 방에는 2명이 잘 수 있는 침대가 있는데, 대신 엄청 커다란 빌트인 냉장고가 있었다. 처음 헬레네 집에 살 때는 큰 침대를 선택했다.

지금도 우린 셋이서 함께 잔다. 하린이가 조금 더 커서 언젠

가는 따로 자는 날이 오겠지만, 제주에서는 셋이 함께이고 싶었다. 두 번째 한 달 살기부터 우린 침대보다는 큰 냉장고를 선택했다. 식재료 보관이 너무 힘들어서 결국 잘 먹는 쪽을 택했다.

침대가 큰 방은 저녁노을이 정말이지 끝내준다. 마을 단지 쪽이 아니고 작은 풀숲 방향이라서 아침 6시만 되면 알람 시계 같은 새가 우는데, 안 일어나고는 못 배긴다. 두 방 모두 7평 내외인데, 실제 평수는 좀 더 작을 수 있다. 처음에 하린이가 방을 보고는 "우리 여기서 지내?"라고 묻는다. 좀 실망하는 눈치였다. 모든 것이 한눈에 들어오는 아담한 공간에 우리는 점점 적응해갔고, 7평 안에서 행복한 기억을 조금씩 쌓아갔다.

지금도 2층 방에서 보는 아름다운 노을의 색감과 매일 아침 우리를 깨워주던 알람 새소리를 잊지 못한다. 우리의 눈과 귀에 선명히 기록되어 있는 것 같다.

세 번의 한 달 살기를 마치고 집으로 돌아온 어느 가을. 헬레네 사장님에게 전화가 왔다.

"작가님, 저 서울에 잠깐 왔어요." 서울에 오시면 꼭 만나자고 늘 얘기 나눴는데, 정말 전화를 주셨다.

내 작업실 쪽으로 지인과 함께 오셨고, 차를 마시며 얘기를 나눴다. 그 뒤로 아내와 한 번 더 만나서 식사도 함께 했고, 긴 얘기도 나누었다. 숙소 건물주와의 재계약이 어려워져서 조만간 제주 생활을 정리하신다는 얘기를 전해주셨다. 우린 많이 아쉬웠고, 사장님도 그런 마음이었다. 장성한 따님이 우리 집과 멀지 않은 곳에 살고 있어서 자주 볼 수 있겠다고 했다.

우리 가족의 행복한 추억을 함께했던 헬레네 집.

70여 동이 있는 스위스 마을, 그 속에 한 채였던 헬레네 집.

작업실에서 그림을 그리고 숙소로 돌아올 때, 하린이와 손잡고 걸어오던 그 짧은 시간을 나는 참 좋아했다. 화단의 귀여운 풀들, 뜨거운 아스팔트, 헬레네 집의 나무 계단…. 소소한 것들엔 정겨움이 깃들어 슬며시 미소 짓게 만든다.

우리의 또 다른 제주 집이라는 생각까지 들었던 7평의 행복 하우스이다. 우리 가족의 기억 속에서 참 오랫동안 잊히지 않을 것 같다. 사장님처럼 다정한 헬레네 집의 시간들.

별과 어린 왕자 © 강석태

28.
우리만의 작업 공간

    우리가 지냈던 작업실은 제주시 조천읍 와산리의 스위스 마을에 위치한 아트랩와산이다. 이 문화공간을 운영하고 있는 사람은 큐레이터이자 예술기획을 하는 이주희 대표이다.

    몇 해 전 이곳 라프스테이 예술감독으로 잠시 일하러 왔다가 스위스 마을의 유휴 공간을 활용한 상권 활성화와 지역재생의 제안을 받고, 지금의 아티스트 레지던시를 기획, 운영하게 되면서 현재까지 제주 생활을 하고 있다. '와산리'의 지명을 따서 아트랩와산이 되었다고 들었다.

    30대라고 믿기 어려울 만큼 성숙한 경험에서 느껴지는 폭넓은 소통 능력을 갖추고 있고, 앳된 얼굴과 다르게 성악가처럼 동굴에서 울리는 것 같은 굵은 톤의 목소리는 반전 매력이다.

우리 가족이 처음 작가 레지던시에 지원했을 때 정말이지 빠른 속도로 답을 보내주시고, 사전 답사 때 아이가 함께 숙소 생활을 잘 할 수 있도록 여러 어려운 사항들을 해결하려는 배려심이 참 좋았다.

이곳에서는 평균적으로 5~7명 정도의 작가들이 머물며 창작 활동을 하고 있으며, 2~3개의 외부 기획 전시가 로테이션으로 열리고 있다. 머물러있는 기간과 시작점이 각기 다르기 때문에 입소하고 퇴소하는 작가들이 다양하게 교차하고 또 인연을 만들어 갈 수 있었다.

새로운 작가분이 입소할 때 환영회 같은 자리를 만들기도 하고, 작가 워크숍이나 전시 오프닝 때 가족적인 느낌의 모임도 하면서 자연스럽게 교류하게 된다. 제주라는 이국적인 공간이 주는 자유스러움과 여행지와 작업실이라는 복합적인 해방감이 사람을 대하는 데 좀 더 개방적으로 행동하게 되는 것도 같다.

아트랩와산 레지던시를 위해 스위스 마을의 운영 주체에게 지원받은 부분이 작업실과 숙소에 대한 공간과 전기나 수도 지원인데, 그 안에서 작가 레지던시를 꾸려나가기가 무척 어려웠을 것 같았다. 401동부터 408동까지의 1층 공실을 작업실과 전시장으로 활용하기 위해 살림을 하듯이 알뜰히 꾸려가고 있었다. 문화재단, 메세나 협회 등에서 조금씩 지원금을 받으면 그때마다 바닥, 벽면, 냉난방, 조명 등을 손수 공사하며 그렇게 레지던시를 만들어 간 것이다. 젊은 사람이 참 대단하다고 느꼈다.

나는 초창기부터 두 해를 거치면서 아트랩와산 레지던시에서 작업을 하고, 가족 전시를 하는 행운을 누렸다. 참 운이 좋았고, 감사한 기회였다. 갈 때마다 조금씩 변화되고, 발전되어 가는 레지던시를 보면 신기하고, 애정이 많이 갔다.

텅 빈 공실이었던 1층의 무용한 공간들이 예술가들의 작품과 창작 에너지로 채워지면서, 마을의 콘텐츠와 어울려 관광객을 유입시키는 문화공간으로 활성화된 것은 지역 도시재생의 좋은 사례도 될 것 같았다.

시작 지점부터 기관의 도움도 없이, 사립미술관도 아닌 민간업체 타운하우스의 7~8개의 공실을 활용하여 만들어낼 수 있었던 건 개인의 열정과 투지가 자산이었다고 생각된다.

2021년부터 시작된 2년이 넘는 레지던시의 운영에서 약 50여 명의 작가가 단·중·장기 프로그램으로 머물렀고, 100여 명 이상의 국내외 문화예술관계자가 방문했으며, 30여 회의 자체 전시와 10여 개의 지역민과 함께하는 문화예술 프로젝트가 운영되었다.

제주 동부권의 새로운 문화 허브 구축을 목표로 하며 시작된 그의 열정이 지역 문화 프로젝트, 지역 청년 예술인과 함께하는 활발한 문화예술 행사들을 만들어냈다.

무엇보다 이곳 레지던시에서 서로 인연이 된 작가 간의 네트워크 또한 무한한 가치를 만들어냈다고 생각한다.

우리 가족이 제주에서 만들어갔던 보석 같은 기억들, 그림들, 시간들을 가능케 했던 것도 아트랩와산이 있었기 때문이었다. 이주희 대표와는 레지던시의 인연을 시작으로 서로 힘이 되어주는 예술 동지가 되었고, 하린이는 삼촌처럼 멘토처럼 지내고 있다.

30대의 젊은 예술기획자가 만들어 낸 유·무형의 결과가 참으로 대단하다. 개인적인 생각이지만, 다른 어떤 성과보다도 더 빛나는 것은 사람과 사람이 좋은 인연이 되도록 널찍한 의자를 만들어 준 것으로 생각한다.

아트랩와산에서 주옥같은 좋은 분들, 작가님들을 만난 것도 우리 가족에겐 너무나 감사한 인연이다. 이곳에서부터 시작된 나비효과의 또 다른 신화가 곧 세상 밖에 나타날지도 모르는 일이다.

"Cheer up! ARTLAP WASAN!"

Chapter 8.
어린 왕자야,
행복이라는 색이 있을까?

어느 날 작은 소리가 내게 말을 건넸다. "얘가 어린 왕자야?"

하린이가 6살 때쯤이었을까? 그림을 그리고 있는 내게 물었다.

집 안 곳곳에 걸려있는 내가 그린 어린 왕자를 태어날 때부터 봐왔던 아이는 아빠가 어린 왕자를 창조해 낸 줄 알았었다. 물론 지금은 생텍쥐페리의 어린 왕자를 읽어줘서 알고 있다. 하지만 하린이는 아빠의 어린 왕자를 더 좋아한다.

어른인 나는 왜 아직도 어린 왕자를 이야기하고 있는 것일까?

살아오면서 여러 힘든 일을 겪을 때마다 원망과 부정적인 감정이 생기면 정화가 필요한 순간이 오는데, 그때가 내 안의 행복한 아이를 만나고 싶은 순간이다. 어쩌면 그것은 자기 치유일지도 모르겠다. 누군가는 수행이라고도 일컫는 내면의 순한 감성을 불러오는 의식일 수도 있겠다.

살다 보면 누구나 힘들고 지친다. 견디기 힘들어 한 줄기 희망을 간절히 소망하며 오늘을 살아낸다. 나 역시 마찬가지이다. 여러 가지 일들을 겪어내며 원망으로 하늘을 바라보던 시간이 있었다. 안식이나 기도로 나를 위로할 수 있는 방법을 몰랐고, 단지 웃음과 행복감을 완전히 잃어버리지 않기를 바랐을 뿐이다.

그 방법론이 감성에 기대하는 것이었고, 내 안의 어린 왕자에게 질문을 하는 것이었다.

- 너의 그 행복한 아이는 지금 어디에 있을까?

- 사랑에 대해 어떤 기억이 남아있지?

- 그리움과 슬픔은 어떤 느낌으로 기록되었을까?

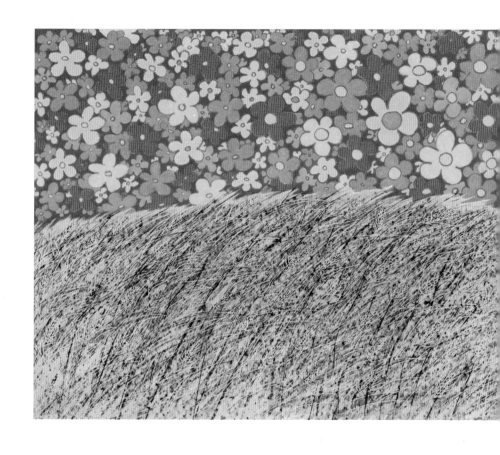

당신을 만나는 행복한 날에 © 강석태

나에게 어린 왕자는 지나간 기억과 감성을 연결해주는 통로 같은 존재이자,

마음속에 사는 아이와도 같다.

지금을 돌아볼 수 있는 투명한 거울 같기도 하다.

그것이 내가 어린 왕자에게 아직도 말을 건네는 이유이다.

나에게 일상이 될 뻔했던 원망을 딛고 건강한 삶과 행복의 조각들을 찾아냈다. 그 과

정은 항상 가족과 함께였으며, 앞으로도 함께 행복한 감성을 나누며 살아가고 싶다.

행복을 그리는 일들은 마치 목적지가 정해지지 않은 여행과도 같다.

물리적인 시간과 함께 그 안에 만들어지는 행복이라는 동화적인 감정.

그 색깔들을 소중히 기록하고 싶다.

29.
우리가 교감하는 색깔

403호 작업실에서 나, 아내, 하린이가 조용히 그림을 그리고 있었다.

우리 가족은 그림을 그릴 때면 말도 없이 고요하다. 나의 첫 작업은 제주에 온 어린 왕자를 상상하며 그렸다. 제주의 오름 위에서 웃고 서있는 어린 왕자와 주변에 알록달록한 꽃들을 그렸다. 그러다 문득 이 꽃에 대한 생각이 머리를 스치고 지나갔다.

2002년 즈음, 나의 어린 왕자 그림은 한지에 먹으로 그린 검고 회색빛의 색채였는데, 동양화를 전공한 나의 당연한 표현 방식이었는지도 모르겠다.

2012년도의 어린 왕자는 온통 파랗게 그렸다. 파란 하늘 배경에 드로잉 하듯 검게 그어진 먹선이나, 탁본 흔적으로서의 검고 짙은 색이 대부분이었다. 힘든 시간을 살아내며 나도 모르게 마음속 어딘가가 아프고 시렸다. 하늘을 바라보며 수많은 생각과 질문을 하곤 했다. 파란 하늘은 내겐 그런 공간이었다.

하늘의 구름 속에 어린 왕자를 그렸고, 그림을 통해 마음을 토닥이곤 했었다.

그러다가 어느 날부턴가 색채가 변하기 시작했다. 결혼 생활 15년 만에 가진 아이의 임신 소식으로 날듯이 기쁜 마음으로 10개월을 보냈다. 아팠던 아내는 위대한 엄마로 거듭 강해지고 있었다.

너무 행복해서 마치 꿈을 꾸는 것 같았다. 태어날 아기에게 매일 동화 속 편지를 읽어주면서 가끔은 눈물을 흘리기도 했다. 너무 설레어서 작업실에서 차분하게 그림을 그릴 수도 없었다.

세상이 알록달록하게 보였고, 감정이 시키는 대로 색을 그려내고 싶었다. 빨갛고, 노랗고, 초록초록하게 마음껏 칠했다. 그렇게 크게 마음의 변화가 있었다.

대학원 은사인 심경자 선생님이 그 당시 개인전 작품을 보시고는 "그렇게 좋으니? 아빠가 돼서 좋아죽겠다는 게 그림에 다 보인다!"라고 장난스럽게 말씀하시곤 했다.

그렇게 사랑스러운 아기가 태어나고, 우리 부부는 행복하고 무척 바쁜 날들을 보냈다. 부모라는 너무나 귀한 자격을 건네준 우리 아기 이름도 하늘에서 내린 선물이라 여기고 하린이라 지었다. 그렇게 아기는 세상에 나왔고, 딸 바보 아빠도 세상에 나왔다.

아기가 걷기 시작하고, 무언가를 쥐고 그리기 시작할 때부터 같이 그림을 그렸다. 우리는 그렇게 무얼 그리면서 같이 놀았다. 나는 어린 딸아이의 색감과 형태를 어느새 닮아가고 있었다. 함께 그리고, 흰 종이에서 뚝딱 탄생한 무언가에 관해 이야기한다는 것이 그렇게 행복할 수 없었다.

유치원생이 되고, 하린이는 그림 그리는 아빠에 대한 자부심이 부쩍 커져갔다.

엘리베이터에서 누군가가 타면 "우리 아빠 화가에요"라고 자꾸 얘기해서 좀 부끄러워서 말리기도 했지만, 사실은 기분이 참 좋았다.

아빠 개인전에선 자신의 전시처럼 바쁘게 손님들을 맞이하기도 하고, 들떠서 좋아라 했다. 2018년부터 그린 작업에는 6가지 색의 꽃으로 가득하다. 사실 그 6개의 색에는 내가 느끼는 감

별소년과 제주오름 © 강석태

돈치의 행복 여행 © 이은경

정들이 들어가 있다. 기쁨, 설레임, 즐거움, 미안함, 기대감 그리고 마지막으로 6번째 감정인 행복감이다.

하린이가 지금보다 더 어릴 때, 말과 글로 소통이 어려운 부분이 많아서 어떤 모양이면 아이가 좋아할까? 생각하다가 꽃 모양이면 서로 교감하는 데 좋을 것 같았다. 새롭게 그린 6가지 색의 꽃 그림을 보여줬더니 아이가 너무 좋아했다. 어떤 기호보다 알록달록 예쁜 꽃의 색이, 꽃의 이미지가 마음에 들었나 보다. 아이의 좋아하는 표정이 내 맘속에 깊이 느껴졌다. 그래서 작업을 진행하는 과정도 자주 보여주곤 했다.

그런 교감을 통해서 푸르스름하던 예전의 색과 다른, 꽃들로 가득한 지금의 그림이 나왔다. 주변을 돌아보면 많은 작가들이 자신의 아이를 통해 작품 창작의 영향을 받긴 하지만 나는 심한 편이었다.

그런데 신기하게도 바뀐 신작을 개인전에서 발표하고, 처음으로 그림이 예쁘다는 말을 들었다. 전시장에 오신 다양한 분들이 그림을 보면 행복해진다는 말씀도 많이 해주시고, 처음으로 상업적인 성격의 전시와 관련된 제안을 받기도 했다. 예전보다 그림이 편안해졌다고도 얘기한다. 나 자신도 작업이 이렇게 변화한 것에 대해 놀랍고, 감사하다.

나는 하린이와 그리는 그림이, 함께 바라보는 꽃이 참 좋다.
여러 색깔의 꽃에 우리의 행복감이 가득 담겨있기 때문이다.
우리에게 색은 서로를 교감하는 또 다른 언어가 아닐까?

사랑 가득한 세상
© 강석태

30.

모두 아이가 되는 순간

제주에 도착한 지 일주일 정도 지나고, 우리는 그동안의 기억을 토대로 공동작품을 시작했다. 미리 가져간 두루마리 모양의 롤 도화지를 작업실의 긴 작업대 위에 길게 펼쳐놓고 그림을 그렸다. 대략 3m쯤 되는 대작이었다.

우리가 제주도에 오기 전날부터 그간의 일정을 기록했다. 먼저 달팽이 둥둥이를 보낸 배를 그리고, 우리가 타고 온 비행기도 그리고, 함덕해수욕장과 김녕 해변의 작은 돌게도, 스위스 마을의 모습도, 사려니 숲의 풍경도 모두 담았다. 스케치에 하루가 걸렸고, 채색까지 3일 정도 해서 완성했다.

제주에서 우리의 첫 공동작품이었다. 이 그림을 색이 잘 묻

어나지 않도록 밖으로 가지고 나
와서 정착액을 뿌리고, 작업실 벽
면에 자랑스럽게 붙여놓았다. 이
작업 후에도 2개의 큰 공동작품
을 그렸다.

긴 도화지에 가족이 모두 매
달려 스케치를 하며, 서로의 기억
들을 새겨 넣었다. 그 과정이 참 시끄럽기도 하고, 또 색깔이 그
게 아니라고도 하고, 서로 먼저 그리려고 했었다. 아무튼 난장판
이 되기도 했는데, 어찌 됐든 완성이 된 게 신기했다.

두 번째 공동작품을 할 때는 난장판이었던 처음과 달리 각자
역할 분담을 해서 그렸다. 스케치는 하린이가 혼자 했고, 큰 붓
으로 넓게 칠해야 하는 부분은 내가 칠하고, 크레용이나 오일파
스텔은 하린이와 아내가 칠했다.

두 주간의 제주 경험들을 기억하며, 또 서로의 의견을 나누면
서 천천히 그려나갔다. 401동 수돗가에서 만난 도마뱀 '돌돌이'
이야기로부터 외돌개의 풍경, 강정포구에서의 낚시 이야기, 뿔
소라를 잡은 이야기와 종달리 수국 길의 기억, 함덕해수욕장의

파도타기까지 모두 그림으로 담아냈다.

이번에는 첫 작품보다 더 쉽게 완성했다. 역시 경험이다.

우리의 세 번째 공동작품은 겨울 한 달 살기 기간에 그렸다.

이때에는 긴 롤 도화지를 안 가져가서 4절 크기의 도화지 4장을 이어서 긴 화면을 만들었다. 감귤 따기 체험을 했던 이야기부터 동네 개 태양이도 그리고, 분홍색 저녁노을로 가득한 겨울의 스위스 마을과 실내 수족관에서 만났던 돌고래와 해녀 할머니도 그렸다.

가장 기억에 남은 추억인 한라산 1100고지에서 눈썰매 타던 모습과 엄마가 넘어져 엉덩이 찧은 일, 그곳에 두고 온 털 부츠 한 짝의 추억도 모두 담아냈다.

공동 작업을 할 때면 모두 아이가 된다. 서로의 생각과 기억을 그려내느라 정신이 없다. 누가 아이이고, 누가 어른인지 모른다. 모두 아이가 되는 순간이다.

　　함께 기억을 그린다는 것은 너무 신나는 일이다.

　　예전에 그림 작업을 할 때는 하린이를 옆에 못 오게 했는데, 혹시나 먹물을 툭 건드려 그림을 다시 그리는 사고가 생길까 걱정이 되어서였다.

　　같이 그림을 그려보니 참 쓸데없는 생각이었다 싶다. 공연히 예민했다.

　　이렇게 생각이 변화한다.

　　더불어 아이가 되니 세상 즐겁다.

　　내가 느낀, 한 가지는 '사랑하는 이와 함께 그리면 삶이 행복해진다'라는 생각이다.

　　이 소중한 경험을 이제야 하게 되었다.

　　함께 그리는 그림은 꼭 종이에 색을 칠하는 그림이 아니어도 된다. 함께 이야기하고 함께 무언가를 계획하고, 함께 무언가를 이루어 나가는 모든 것인 것이 아닐까?

　　변화한다는 것, 그것에 대한 나의 생각은 '사랑하는 이와 함께'이다.

공동작품_제주일기1(위) ⓒ 강하린 강석태 이은경
공동작품_제주일기2(아래) ⓒ 강하린 강석태 이은경

31.
가족의 첫 전시, 그리고 다음 전시

우리 가족의 첫 전시이다!

403호에서 그렸던 여름날의 추억들. 그 소중한 기록들을 전시하게 되었다. 아트랩와산에서 이번 전시의 제목과 전시 포스터도 만들어 주셨다. 포스터를 보니 정말 실감이 났다. 전시 제목은 '행복한 제주일기_가족의 그림으로 제주를 보다'이다.

우리 셋은 어떻게 그림을 연출할 것인가에 대해 회의를 했다. 커다란 공동작품을 어떻게 연출할지, 작품으로 만든 뿔소라는 어떻게 펼쳐놓을지 각자의 생각을 얘기했다.

작은 그림들은 벽에 걸기가 어려워 제주 시내의 다○소, 문구점을 돌며 적당한 액자들을 구했고, 403호 작업실을 전시장으로 꾸미는 작업을 시작했다.

우리는 긴 공동작품의 디스플레이를 위해 많이 고민했는데, 너무 길어서 벽면을 많이 차지했다. 결국 동그랗게 원형으로 만들어 전시장 중앙 천장에 매달기로 했다. 시내에 있는 문구점에 가서 하드보드지를 사 오고 지지대를 만들었다. 이 작품 설치가 가장 어려웠던 거 같다.

다른 쪽 벽에는 두 번째 공동작품을 반원으로 설치해서 붙이고, 그 아래 테이블을 놓고 우리가 칠한 뿔소라들을 펼쳐놓았다. 이곳에서 그린 그림들을 하나씩 모두 걸었다. 우리 가족의 한 달이란 시간이, 추억이 그림으로 변해서 공중에 떠 있었다.

그렇게 전시는 시작되었다.

하린이는 누구라도 전시장에 들어오면 반갑게 그림 설명을 해주었고, 전시장에서 행복하게 손님들과 보냈다.

일주일 뒤 전시가 끝나고, 작품 철수를 시작하자 하린이가 울먹이더니, 그림을 다 내리고 벽면이 텅 비자마자 결국 울음을 터트렸다.

"왜 울어, 하린아?"

"우리 그림이 다 없어졌어…."

왠지 모를 허전함에 슬프다 했다. 정말 작가가 다 되었다.

첫 번째 가족 전시회

"또 그림 그려서 전시하자. 아빠도 되게 자주 전시했는데, 그 때마다 슬퍼. 그래서 또 그리고, 또 전시하는 거야…. 알았지?"

알았다면서도 하린이는 한참을 울었다.

첫 번째 가족 전시였다.

지난여름 우리의 두 번째 전시는 '해피니스 인 제주'였다.

이번 전시는 지난 첫 전시와 달리 파주 작업실에서 대부분 그 렸고, 액자까지 완벽하게 만들어서 가져갔다. 전시 준비로만 봐 서는 제대로 된 전시였다.

두 번의 제주 한 달 살기의 행복한 기억을 모두 작품에 담았 다. 각자의 그림 이미지가 있는 엽서들도 제작해서 가져갔고, 하 린이는 명함도 만들어주었다. 명함에는 지난겨울 이주희 대표에 게 받은 아트랩와산의 '명예 작가' 자격도 명함에 새겨 넣었다.

오프닝에 전시를 축하해주러 레지던시의 작가님들과 스위스 마을의 많은 분들이 오셨다. 광양에 계신 진 사장님, 지인 분들 도, 함덕 사장님 내외분도, 대구에서 차 작가님도 오셨고, 많은 관광객이 다녀갔다.

아트랩와산에서 보도 자료도 내어주어 하린이는 제주 3대 일 간지에 이름을 올렸다. 함덕 사장님이 하린이 출세했다고 하시며, 종이 신문을 스크랩해서 보여주시기도 했다.

이번 전시는 한 달간 했는데, 전시를 하며 한 달을 지내다 보니 그전의 한 달 살기보다 시간적인 여유가 더 많았다. 오전에 전시장 문을 열고, 오후에는 손님이 없으면 외부로 돌아다녔다.

전시가 무사히 끝나고 작품을 내렸다.

이번에는 하린이가 울지 않았다. 오히려 만족하는 눈치였다. 전시를 준비하고, 진행하고 철수하는 모든 과정을 이제는 즐기는 것 같이 보였다.

그새 아이가 성장한 것 같았다.

두 번의 가족 전시로 나와 아내도 성장했다.

돌아보면 전시를 준비하며 만들었던 과정이 쉽지 않았지만, 서로 응원하는 법을 배울 수 있었다. 칭찬하는 방법을 이제야 알게 되었다.

그렇게 우리 가족의 첫 전시와 다음 전시를 마무리했다.

우리는 이제 다음 전시를 준비한다.

가족전시(이은경/김유진/김채원)

" Happiness in JEJU "
해피니스 인 제주

2022. 7. 29(Fri) ~ 8. 21(Sun)
아트랩와산 405동
(제주시 조천읍 와산리 스위스마을 내)

후원: 아트랩와산, 제주문화예술재단, 컬러스테이

두 번째 가족 전시회

32

처음 느끼는 감정, 웃음, 추억의 색깔

살다 보면 그럴 때가 있다.

힘든 일들이 불규칙한 간격으로 밀려와서 잠시도 나를 돌볼 여유가 없이 지내다가 시간 감각이 없어지는…. 너무 힘들고 지쳐서 그냥 스러져 안기고 싶은 그런 날이 있다.

운동회에서 제 몫을 다한 아이처럼 자랑하듯 팔뚝에 찍힌 도장을 내보이며 엄마에게 안기고 싶은 그런 날이 있다.

얼마나 힘껏 달렸는지 숨을 몰아쉬며 쓰러지듯 안기고 싶은, 달리기를 마친 아이의 마음이 생기는 그런 날이 있다.

그럴 때 말없이 안아주는 게 가족이다.

아내와 나, 이렇게 둘뿐이던 세상에서 아이가 태어나고, 가족이란 새로운 감각이 생겼다. 챙김의 대상이 생긴 것은 삶에 큰 축복임을 깨닫는다.

가족에 대한 감정도 오래 살았다고 다 알 수 있는 게 아니었다.

나는 아내가 고등학생 시절에 처음 만났다. 미술학원을 다니던 시절이니, 아주 오래전 그날이다. 이후 대학생이 되고, 나는 군대에 갔고, 서로 소식을 모른 채 살았다.

복학 후 3학년 겨울방학 때 운명적으로 만나 불꽃 같은 연애를 했다. 우리는 매일 손 편지를 썼는데, 다이어리에는 항상 편지 봉투와 우표가 들어있었다. 자취하던 집의 우편함에는 늘 알록달록한 색깔의 연애편지가 나를 기다리고 있었다.

그렇게 장거리 연애를 하며 사랑을 키웠고, 대학을 졸업하던 해 양가 부모님의 축복 속에 결혼에 성공했다. 어느 신혼부부처럼 알콩달콩 아껴주며 행복하게 5년을 지냈다. 그리고 갑작스러운 투병으로 5년을 지냈다. 다행히 아내의 노력으로 몸의 치료를 마쳤다. 하지만 마음의 치유를 위해 또 5년을 보냈다. 그리고 15주년이 되던 해, 기적처럼 딸아이가 우리에게 왔다. 누구보다 행복하고 감사한 마음으로 지금을 살고 있다. 시간의 세례 속에서 우리는 기쁨으로 하나가 된다.

허나, 오랜 시간을 함께해 왔음에도 불구하고 나는 아내를 잘 모를 때가 있다.

치유를 위해 여행을 둘이서 그렇게 다닐 때도 나는 언제나 보호자 마인드였다. 항상 내가 결정하고 아내를 데리고 다니는 그런 보호자로 행동하며, 아내의 마음을 잘 돌보지 못했다.

아내가 이렇게 물놀이를 좋아하고, 처음 보는 사람들과도 잘 어울리고, 낚시를 잘하는 것도, 그리고 누구보다 강한 엄마라는 것도…. 셋이서 함께하는 긴 여행에서 비로소 보였다. 긴 투병 생활로 인해 내가 보지 못했던 것들이 여행을 통해 보이기 시작했다. 아내는 누구보다 밝고 친절하며, 의지가 무척 강한 사람이라는 것을…. 그리고 웃음이 참 많은 사람이라는 것도 다시금 알게 되었다. 닫혀있었던 기억의 방 하나가 열리는 느낌이었다.

하린이는 아기 때 낯을 많이 가리는 편이었다. 문화센터를 다니던 유아 때도 다른 아이들과 많이 어울리지 않고, 엄마 옆에 딱 붙어있는 시간이 많았다.

유치원에 들어가서는 너무 운다고 원장실에 있는 시간이 많았다. 물론 처음 다녔던 유치원이 기업형 유치원이라 그런 면도 있었지만, 그 이후 다녔던 원장님이 따뜻했던 유치원에서는 다행히 밝게 잘 지냈다. 코로나로 인해 참관 입학식도 없이 시작된 초등학교 생활은 좀 더 내향적인 성격을 만들었다. 하지만 새로운 누군가와 말하기를 좋아했고, 아빠 전시장에서 사람들을 보면 좋아했다.

제주 한 달 살기를 갔을 때 나는 깜짝 놀랐다.

하린이가 이만큼 사람들하고 소통하고 밝고 에너지가 많은 아이인 줄 몰랐다.

레지던시에 계시는 작가님들과 성별, 연령대와 국적을 초월하며 얘기를 걸고, 인사를 하며 친하게 지냈다. 심지어 작가 워크샵에 참여해서 당당히 자기의 생각을 말하기도 해서 많이 당황했다. 자신이 이 창작 공간의 어엿한 참여 작가임을 인식하고 있는 듯했다. 물론 이렇게 생각하게 해준 것은 이주희 대표와 마음 따뜻한 작가님들의 배려 덕분이다.

작가님들과 대화할 때의 그 밝은 목소리가 나는 참 좋았다. 작업실이 체험 공간인 줄 알고 들어오는 관광객에게 여기서 근무하는 도슨트처럼 밝게 설명하는 것도 놀라웠다.

작업실의 자기 공간을 이렇게 감각적으로 잘 꾸민다는 것도, 공 벌레나 도마뱀 같은 자연 속의 다소 징그러운 생물들도 귀엽다며 자기 손안에 놓고 만질 수 있다는 것도, 12색 모나미 물감

을 서른 개의 물통에 나눠 담아 30가지 색깔을 만들어낼 수 있다
는 것도, 해가 지는 노을을 그렇게 좋아한다는 것도 몰랐다.

한 달을 같이 지내며,

가족에 대해 내가 모르는 것이 많다는 생각을 하게 되었다.

새로운 모습을 볼 때마다 또 새로운 감정의 감각이 열렸다.

이 낯선 곳에서의 한 달이 전해준 감정은 여러 빛깔이다.

가족의 웃음소리에 온전히 집중할 수 있었고,

우리가 만들어가는 추억이 색처럼 보였다.

더 느끼고, 더 이해가 되니 더 안아주고 싶은,

그래서 더 사랑하게 되는

그런 게 가족이다.

함께하는 한 달간의 여행 속에서,

함께했던 자연에게서 이 당연한 사실을 배우게 되었다.

행복의 색깔은 가족이 한 줄씩 그려가는 무지개색 같다.

행복은 혼자 그려갈 수 없음을,

혼자서 책임을 지고 만들어가는 것이 아님을,

미래를 담보하여 희생을 감내하는 것이 아님을,

지금, 이 순간 함께하는 것이 가장 소중한 것임을,

하나의 계절을 온전히 느끼며,

이제야 알게 되었다.

어쩌면 나는 다시 행복해지려고 살아온 건지 모르겠다.

내일도 우리가 그려갈 행복의 그림들을 꿈꾸며 기대한다.

다시 어린 왕자에게 가만히 말을 건넨다.

이제 행복이란 색으로 그릴 수 있게 되었다. 여백이 많아도

조급하지 않다.

천천히 붓질해도

내 삶의 박자에 맞춰줄 소중한 가족이 함께하기 때문이다.

소풍 © 강석태